国家古籍整理出版专项经费资助项目

方苞姚鼐集

章培恒 安平秋 马樟根 主编

杨荣祥 导读
安平秋 审阅

中华文史名著精选精译精注
·
全民阅读版

凤凰出版社

图书在版编目（CIP）数据

方苞姚鼐集 / 杨荣祥导读. -- 南京 : 凤凰出版社,2020.8

（中华文史名著精选精译精注 : 全民阅读版 / 章培恒，安平秋，马樟根主编）

ISBN 978-7-5506-3158-8

Ⅰ. ①方… Ⅱ. ①杨… Ⅲ. ①古典散文－散文集－中国－清代 Ⅳ. ①I264.9

中国版本图书馆CIP数据核字(2020)第063227号

书　　　　名	方苞姚鼐集
导　　　　读	杨荣祥
责 任 编 辑	张永堃
书 籍 设 计	徐　慧
出 版 发 行	凤凰出版社(原江苏古籍出版社)
	发行部电话 025-83223462
出版社地址	南京市中央路165号，邮编：210009
出版社网址	http://www.fhcbs.com
照　　　　排	凤凰零距离数字印前中心
印　　　　刷	苏州市越洋印刷有限公司
	苏州市吴中区南官渡路20号　邮编：215104
开　　　　本	880毫米×1230毫米　1/32
印　　　　张	7.875
字　　　　数	162千字
版　　　　次	2020年8月第1版　2020年8月第1次印刷
标 准 书 号	ISBN 978-7-5506-3158-8
定　　　　价	39.00元
	（本书凡印装错误可向承印厂调换，电话：0512-68180638）

丛书编委会

顾问

周林　邓广铭　白寿彝

主编

章培恒　安平秋　马樟根

编委

马樟根　平慧善　安平秋　刘烈茂
许嘉璐　李国祥　金开诚　周勋初
宗福邦　段文桂　董治安　倪其心
黄永年　章培恒　曾枣庄
（以上为常务编委）

王达津　吕绍纲　刘仁清　刘乾先
李运益　杨金鼎　曹亦冰　常绍温
裴汝诚
（以上为编委）

目录

导读 ················· 1

方苞文 ················· 1
  古文约选序例 ················· 3
  书归震川文集后 ················· 17
  书五代史安重诲传后 ················· 21
  答申谦居书(节选) ················· 24
  杨千木文稿序 ················· 29
  与程若韩书 ················· 33
  与孙以宁书 ················· 36
  南山集序 ················· 42
  学案序 ················· 48
  狱中杂记 ················· 55
  左忠毅公逸事 ················· 69

辕马说 ………………………………… 75

原过 ……………………………………… 79

通蔽 ……………………………………… 82

逆旅小子 ………………………………… 86

送刘函三序 ……………………………… 90

孙征君传 ………………………………… 94

陈驭虚墓志铭 …………………………… 103

送王翁林南归序 ………………………… 110

再至浮山记 ……………………………… 114

记寻大龙湫瀑布 ………………………… 119

游雁荡记 ………………………………… 124

姚鼐文 …………………………………… 129

述庵文钞序 ……………………………… 131

古文辞类纂序 …………………………… 136

刘海峰先生八十寿序 …………………… 153

答翁学士书 ……………………………… 157

复鲁絜非书 ……………………………… 163

海愚诗钞序 ……………………………… 170

荷塘诗集序	175
稼门集序	179
赠钱献之序	183
翰林论	189
李斯论	195
宋双忠祠碑文并序	202
食旧堂集序	207
继室张宜人权厝铭并序	211
左仲郛浮渡诗序	215
登泰山记	220
游灵岩记	225
游媚笔泉记	229

导读

桐城派是清代的一个重要散文流派。其作家队伍之大,影响范围之广,历时之长,都是中国文学史上不多见的。桐城派不仅有鲜明的旗号,还有自己独特的文学主张和文学实践。对这一流派做一定的了解和研究,对于研究中国古代文学史、研究中国古代文论,对于整理和继承祖国的文化遗产,都是很有必要的。

本书选录桐城派创始人方苞的散文二十二篇,桐城派领袖姚鼐的散文十八篇。这四十篇文章虽不能反映桐城派散文的全貌,但我们试图通过这个选本展示桐城派——特别是方、姚二家——的主要思想倾向、文学主张和散文创作成就。

一

桐城派的创始人是方苞。方苞(1668—1749),字凤九,一字灵皋,晚年号望溪,安徽桐城人。康熙三十八年(1699)中举人,四十五年(1706)中进士第四名,因闻母病,未预殿试而归里。这时方苞时文、古文皆有名声。康熙五十年(1711),副都御史赵申乔弹劾戴名世《南山集》"语有悖逆",戴被捕入狱,因方苞曾为《南山集》作序,也被牵连入狱。五十二年(1713),方苞因康熙帝看重其文章而免死出狱,并被召入南书房供职,充任皇帝的近身秘书,从此开始了他的仕宦生涯。后又入蒙养斋供职,编校《御制乐律》《御制算法》等书。

方苞出狱后,对康熙帝感恩戴德,希望能凭自己的学识才华介入政治,常对朝政得失提出一些看法,但康熙一直未授予方苞官职。雍正十一年(1733),特授内阁学士,督修《一统志》。乾隆元年(1736),官礼部侍郎,前后充经史馆总裁,文颖馆、三礼馆副总裁。乾隆七年(1742),方苞以七十五岁高龄辞官归家,乾隆十四年(1749),病卒,年八十二。

方苞一生恪守儒家的忠义孝道,克己修身,自律很严。在思想上,他适应清朝统治者的文化政策,极力宣扬程朱理学,并以程朱理学为文学创作的指导思想。在政治上,他虽经受过《南山集》案牵连挫折,但始终希望能发挥自己治国济民的才干,利用自己的地位,积极干预政治,曾对河工、漕政、救灾、禁烟、积谷、考试等都提出过自己的一些主张。方苞也非常关心民生疾苦,如他在《逆旅小子》中,不仅表示了对下层人民的同情,还对统治者不顾人民死活表示了不满。

方苞著述丰富,除《望溪文集》外,还有《周官辨》《春秋直解》《仪礼析疑》《礼记析疑》《丧礼或问》《春秋比事目录》等。另外,他以和硕果亲王名义编选的《古文约选》影响较大。

姚鼐(1732—1815),作为桐城派领袖而著称于世,字姬传,一字梦谷,人称惜抱先生,安徽桐城人。祖父孔锳,官翰林院编修;曾祖士基,官湖北罗田知县;高祖文然,官至刑部尚书。姚鼐于乾隆十五年(1750)中举人,乾隆二十八年(1763)中进士,选庶吉士,后改礼部主事。历任山东、湖南乡试考官,会试同考官,至刑部郎中,充《四库全书》编修官。乾隆三十九年(1774)辞官归里,专力古文创作,并先后主讲扬州梅花书院、安庆敬敷书院、歙县紫阳书院、南京钟山书院,广授门徒,大倡桐城派古文。

姚鼐在官场的时间不是很长,但辞官后名声显赫,社会地位很高,其思想政治倾向和清王朝没有什么矛盾。不过,姚鼐个人生活颇多坎坷,先后两次娶望族张氏女,皆中道死去,这给他感情上带来很大创伤。他宗奉程朱理学,对儒家礼教能身体力行。早年积极用世,满怀经世济民的抱负,中年后自感"既乏经世略"(《城南修禊诗》),便抱着"独善其身"的思想,专力于古文了。

姚鼐的主要著述除《惜抱轩集》(包括文集、诗集)外,还有《惜抱轩尺牍》《九经说》《三传补注》等。他所编的《古文辞类纂》影响很大。

二

桐城派成为一个文学派别并明确打出旗号,始于姚鼐。他在《刘海峰先生八十寿序》中借程晋芳、周书昌之口,提出了"天下文章,其出于桐城乎"之说,并阐明了其师刘大櫆与方苞的师承关系。因为方苞、刘大櫆、姚鼐,以及在古文理论和创作方面对方苞产生过影响的戴名世,对姚鼐产生过影响的姚范(为其伯父),都是桐城人,故后人称他们这一散文流派为桐城派。

桐城派在哲学思想上宗奉程朱理学,在文学创作上推崇韩、欧古文。关于这一点,方苞有一句名言:"学行继程、朱之后,文章介韩、欧之间。"①并以此提出了他的"义法"说。大致说来,其"义"就是程、朱的理学思想,其"法"就是韩、欧的文章法度。"义法"说后经刘大櫆、姚鼐,有所发展和完善,一直是桐城派散文理论的核心和创作实践的指导思想。

桐城派的形成并占据文坛重要地位,有其历史时代背景。清朝统治者凭借武力征服中原后,为稳固其统治地位,采取了笼络汉族士人的文化政策,自康熙朝始极力推重程朱理学,就是其政策的主要内容之一。康熙屡下诏书,推崇以"至圣先师"孔子为代表而被程、朱发展了的道统,把朱熹尊为"十哲之次",并言:"道统在是,治统亦在是矣。"②桐城派正是为了适应这种"政统"而宣扬自己的"文统"的。

方苞、姚鼐的作品都很注重对程、朱理学的阐发。方苞在《学案序》中,曾将程、朱理学推到了极高的地位。在《与李刚主书》中说:"《记》曰:'人者,天地之心。'孔、孟以后,心与天、地相似,而足称斯言者,舍程、朱而谁与?若毁其道,是谓戕天地之心,其为天之所不祐,决矣。"在《李刚主墓志铭》中,他又对自己的好友,反对程、朱理学的李塨、王源作了委婉的批驳。姚鼐所处的时代,汉学已经兴盛,

---

① 王兆符《望溪先生文集序》引方苞语。
② 《清实录》康熙十六年十二月庚戌上谕。

这时他对程、朱理学则是极力维护。他不能容忍别人对程、朱理学提出异议,这在《复蒋松如书》《程绵庄文集序》等文中表现得很鲜明。而在《赠钱献之序》中,他不仅指斥汉学为"枝之猎而去其根,细之搜而遗其巨",认为程、朱才是"得圣人之旨"的"真儒",还说:"当明佞君乱政屡作,士大夫维持纲纪,明守节义,使明久而后亡,其宋儒论学之效哉!"把理学推到至神至圣的地位。姚鼐还宣称,自己孜孜以求的,就是自己的文章能"明道义维风俗以诏世者"(《复汪进士辉祖书》)。其"道义""风俗",也就是程、朱理学的那一套。方、姚的推崇理学,为整个桐城派的文学创作定下了思想基调。方苞"义法"中的"义",姚鼐"义理、考证、文章"中的"义理",基本上就是对理学的阐发和传扬。

作为桐城派的领袖人物,姚鼐不仅上承方苞、刘大櫆,而且在完善桐城派的文学理论、致力于古文创作的同时,广收门徒,扩大影响,创建了一个桐城散文流派的庞大队伍。

姚门弟子多活跃于嘉庆之后。其中,堪称姚氏高足的有吴德旋、方东树、刘开、姚莹、梅曾亮等人。其后一传再传,绵延不绝。至道光、咸丰年间,曾国藩自称为姚鼐私淑弟子,宣称:"国藩之粗解文章,由姚先生启之。"[①]曾国藩政治上得势后,打着桐城派旗号,网罗张裕钊、吴汝纶、薛福成、黎庶昌等桐城派作家为幕僚。直到五四运动时期,林纾还把桐城古文奉为正宗,并以此抗拒白话文运动。

桐城派在中国文学史上作为最后一个封建王朝清朝的散文流

[①]《曾文正公诗文集·圣哲画像记》。

派,虽然其指导思想受时代的局限,但其绝大多数作品讲究谋篇布局,讲求语言的雅洁,追求散文艺术的完善,不乏上乘佳作。而方苞、姚鼐的文学主张,对中国古代文学理论也有一定的贡献。

三

作为桐城派的创始人,方苞不仅在文学理论方面提出自己的主张,在创作实践中也取得了很大成就。

方苞文学理论的核心即其"义法"说。他在《又书货殖列传后》中解释说:"《春秋》之制义法,自太史公发之,而后之深于文者亦具焉。义,即《易》之所谓'言有物'也;法,即《易》之所谓'言有序'也。义以为经而法纬之,然后为成体之文。"又说:"凡文之愈久而传,未有越此者也。"(《书归震川文集后》)

"义法"一说,始见于司马迁的《史记·十二诸侯年表》:"孔子……兴于鲁而次《春秋》。上记隐,下至哀之获麟,约其辞文,去其烦重,以制义法。王道备,人事浃。"这里的"义法",当是指孔子作《春秋》的义例笔法,而方苞取为己用时,则是强调在以内容为主的前提下,内容和形式的统一,即"义以为经而法纬之"。方苞所说的"义",是对文章内容方面的要求,即要能表现和阐发程、朱理学的"义理",但不能凭空而言,必须"言有物";"法"指文章的法度,是对文章形式方面的要求。虽然方苞是取用《易·艮》"言有序"来概括,但实际上包括对文章的结构、材料的取舍、语言的锤炼等方面的要求。"义"决定"法","法"体现"义",也就是方苞自己所说的"法以义起而不可易者"(《史记评语》),"夫法之变,盖其义有不得不然者"(《书五代史安重诲传后》)。方苞的"义法"说,显然是继承和发展了唐代古文运动领袖韩愈"文以载道"的理论。

如何以"法"明"义"呢?对此,方苞给"法"作了一些具体的规定和说明。第一是结构布局得体,且不同体裁的文章有不同的要求。"诸体之文,各有义法"(《答乔介夫书》)即指此。这一点可参见本书的《书五代史安重诲传后》。第二是处理好材料的详略虚实、剪裁取舍。本书中所选的《与孙以宁书》和《孙征君传》突出地反映了这一理论及对这一理论的实践。"《春秋》之义,常事不书","详略虚实措注各有义法"(《书汉书霍光传后》),也是对此的具体说明。第三是语言雅洁。这一点,方苞和姚鼐都十分强调。"雅洁"不仅应做到材料不芜杂,而且语言必须典范。"古文气体,所贵清澄无滓"(《古文约选序例》),"文未有繁而能工者,如煎金锡,粗矿去,然后黑浊之气竭而光润生"(《与程若韩书》),都是强调"雅洁"。只有"雅洁",才能体现散文的语言艺术。方苞认为这一点做得最好的是《左传》《史记》和韩愈文。归有光"辞号雅洁,仍有近俚而伤于繁者"(《书归震川文集后》)。俚则不雅,繁则不洁,这是方苞对"雅洁"所作的最简要的说明。"雅洁"说显然有其合理性,不过方苞在自己的创作实践中,由于过分追求"雅洁",也给作品带来了缺乏文采、不够生动的毛病。

方苞的古文创作,是在其"义法"说指导下进行的,所以,"义法"说的优劣,也同样表现在他的作品中。就作品的思想内容来看,一方面,他推崇程、朱理学,屈服于清朝统治者的文化政策,不少作品都大肆为清王朝歌功颂德,并明确表示愿以自己的文学活动"以助流政教"(《古文约选序例》);另一方面,也不乏揭露时弊的作品。如有名的《狱中杂记》,揭露狱制的黑暗;《陈驭虚墓志铭》,揭露官场的腐败,等等。而且,在清统治者残酷的文字狱恐怖下,方苞还写出了《左忠毅公逸事》《田间先生墓表》《送左未生序》《白云先生传》《孙征君传》等文,表彰明末的忠臣义士,也颇具胆识。

在作品的艺术手法方面,方苞是严格遵循自己所定的"法"来创作的。如《左忠毅公逸事》,以极精炼的语言,将左光斗的人品、形象刻画得神形兼备;《狱中杂记》,记事虽多,但中心突出,一气贯注,条理清楚。其他如《孙征君传》等人物传记及墓志铭,都能做到取材精审,剪裁得体;《游雁荡记》等记游散文也都文笔洗炼,清新自然。不过,方苞对自己的"义法"说过于拘泥,不少文章都给人以板滞之感。后来的桐城派作家刘开曾批评他的文章"谨严精实则有余,雄奇变化则不足,亦能醇不能肆之故也"①。这是很中肯的。

四

姚鼐在文论上继承和发展了方苞的"义法"说,提出"义理、考证、文章"三结合的主张。他在《述庵文钞序》中说:"余尝论学问之事有三端焉,曰:义理也,考证也,文章也。"在《复秦小岘书》中也说:"鼐尝谓天下学问之事有义理、文章、考证三者之分,异趋而同,为不

---

① 见《刘孟涂集·与阮芸台宫保论文书》。

可废。"姚氏的"义理",相当于方苞的"义";"文章",大致相当于方苞的"法";而"考证",则完全是对"义法"说的补充。关于考证,显然姚鼐是吸收了汉学的长处,所以他明确指出:"以考证助文章之境,正在佳处。"(《与陈硕士书》)姚鼐特别强调三者互相结合,认为"言义理之过者"和"为考证之过者"都不是好文章,唯有"能兼长者为贵"(《述庵文钞序》);并认为"义理"和"考证"都是帮助写出至美之文的因素,这是很有见地的。

方苞的"义法"说,其基本倾向是重义轻法。姚鼐的老师刘大櫆看到了这一点,认为:"行文之道,神为主,气辅之。……至专以理为主者,则犹未尽其妙也。"①强调了为文之法的重要性。姚鼐发展了刘大櫆的观点,认为"止以义法论文,则得其一端而已"(《与陈硕士书》)。并指出:"达其辞,则道以明;昧于文,则志以晦。"(《复汪进士辉祖书》)这就冲破了理学家"文皆是由道中流出"②的藩篱,认识到"文"的相对独立性,弥补了"义法"说的不足。

姚鼐在文论方面的另一贡献是提出阴阳刚柔风格论,并探讨了作品风格与作者个性的关系。本书中选录的《复鲁絜非书》《海愚诗钞序》,都是姚鼐论述这一问题的代表作。以"阳刚""阴柔"之美论文,沈约的《宋书·谢灵运传论》、刘勰《文心雕龙》中的《体性篇》《镕裁篇》《定势篇》已开其端,其后严羽的《沧浪诗话》、苏洵的《上欧阳内翰书》也都曾涉及,但姚鼐的论述则更为具体全面。而且,他特别

---

① 见《刘海峰文集·论文偶记》。
② 见《朱子语类》卷一三九。

强调"阴阳刚柔并行而不容偏废"(《海愚诗钞序》),这是他高出于前人的地方。

在散文创作具体方法方面,姚鼐提出"所以为文者八:曰神、理、气、味、格、律、声、色"的理论,认为"神、理、气、味者,文之精也;格、律、声、色者,文之粗也"。学文当由粗入精,以至于"御其精者而遗其粗者"(上引均见《古文辞类纂序目》)。这是对我国散文艺术和理论的相当全面的总结,是对"义法"说和"三结合"论的分析性的具体说明,也正是姚鼐在理论上超越方苞和其师刘大櫆之处。

桐城派自方苞始即非常看重作者的道德修养对创作的影响,姚鼐更是如此。方苞曾指出:"文者,生于心而称其质之大小厚薄以出者也。""古之圣贤,德修于身,功被于万物,故史臣记其事,学者传其言,而奉以为经,与天地同流。"(《杨千木文稿序》)姚鼐则明确强调不可"以言行分为二事"(《稼门集序》),认为只有做到"艺与道合,天与人一",才能创作出好的作品(见《敦拙堂诗集序》)。这一点,姚鼐在《荷塘诗集序》一文中阐述得很清楚,兹不赘述。方、姚如此看重道德修养,一方面与他们恪守儒教有关;另一方面,是因为他们认为"气"是文章的统帅(见姚鼐《答翁学士书》),而作者的道德修养,正决定着作品的"气"之高下。人品和作品的关系历代文学批评家都很强调,虽然评价"人品"高下的标准各不相同,但强调这种关系,从文学理论的角度来看,显然是有道理的。

姚鼐辞官后,致力于诗文创作,成就斐然。与方苞、刘大櫆相比,姚鼐的散文给人以平和自然、淡远而不乏沉厚的感觉。姚门弟子陈用光曾评价三家古文说:"望溪理胜于辞,海峰辞胜于理,若先生,理与辞兼胜。"①认为姚鼐的散文兼有方、刘的长处,事实上大体如此。

姚鼐的散文,基本上贯彻了他的"义理、考证、文章"三结合的理论。以义理为核心,做到了"言有物";以考证发挥义理,使文章充实浑厚;讲究文章的法度,做到了结构谨严,言辞雅洁。如《登泰山记》《李斯论》《翰林论》都可以说是其三结合的代表作。姚鼐的散文不像方苞那样念念不忘突出"义理",相反,在讲究文章的神气韵味、音调节奏方面做得更为出色,这一点在他的记游散文中表现得比较突出。姚鼐以阴阳刚柔论文,从理论上说,他偏爱阳刚之美,但他自己的文章则以"阴柔"见长。如《游媚笔泉记》《游灵岩记》中的景物描写,都表现出一种阴柔之美。姚文中多反问、设问句,行文多迂回曲折,也是其"阴柔"风格的体现。

五

本书所选方苞、姚鼐文,侧重于能反映他们的文学理论和创造实践方面的作品,其他能反映他们各自的政治观点、思想倾向、生活经历等方面的文章,限于篇幅,选得较少。

方苞的文章主要据《四部丛刊》初编集部《方望溪先生全集》选录,原文个别传讹据文义径改。《南山集序》一篇据《戴南山先生全集》卷首序收录。姚鼐的文章主要据《四部丛刊》影印嘉庆原刻本

---

① 见《太乙舟文集·姚姬传先生七十寿序》。

《惜抱轩集》选录,有些刻印讹误据文义径改。《古文辞类纂序》录自《古文辞类纂》(光绪间李承渊刊本)卷首。

  本书编写中参考了能见到的一些古代作品选注本以及报刊杂志上的有关文章,未能一一注明。蒋绍愚先生帮助解决了不少疑难问题,唐作藩先生校订了全稿,在此一并致谢。

杨荣祥(北京大学中文系)

方苞文

古文约选序例

《古文约选》是方苞在雍正十一年(1733)奉和硕果亲王之命为八旗子弟选编的一部古文读本。方苞按照"义法"标准,选录两汉至唐宋历代古文,而其中以选录汉人和唐宋八大家的散文为主。名义上,它是和硕果亲王选编的,本序例也署名"和硕果亲王",其实是由方苞代笔。本序例是方苞对"义法"的一次比较全面的阐述。他认为"指事类情,汪泽自恣,不可绳以篇法","不可方物而法度自具"乃古文义法之上乘。语言雅洁,取舍精当,结构谨严,言之有物则是"义法"的具体内容。同时,本文以"义法"为标准,对宋以前的历代古文进行了评论,所以也可以把它看作一篇古代散文批评的专论。

《太史公自序》①:"年十岁,诵古文。"②周以前书皆是也。自魏、晋以后,藻绘之文兴③,至唐韩氏起八代之衰④,然后学者以先秦盛汉辨理论事、质而不芜者为古文⑤,盖六经及孔子、孟子之书之支流余肄也⑥。我国家稽古典礼,建首善自京师始⑦,博选八旗子弟秀异者⑧,并入于成均⑨。

圣上爱育人材，辟学舍，给资粮，俾得专力致勤于所学⑩；而余以非材，实承宠命以监临而教督焉⑪。窃惟承学之士⑫，必治古文。而近世坊刻，绝无善本；圣祖仁皇帝所定《渊鉴》古文⑬，闳博深远⑭，非始学者所能遍观而切究也⑮。乃约选两汉书疏及唐宋八家之文，刊而布之，以为群士楷⑯。

盖古文所从来远矣⑰，六经、《语》、《孟》，其根源也。得其枝流而义法最精者，莫如《左传》《史记》，然各自成书，具有首尾，不可以分剟⑱。其次《公羊》《穀梁传》《国语》《战国策》，虽有篇法可求，而皆通纪数百年之言与事，学者必览其全而后可取精焉。惟两汉书疏及唐宋八家之文，篇各一事，可择其尤⑲。而所取必至约，然后义法之精可见。故于韩取者十二，于欧十一，余六家或二十、三十而取一焉；两汉书疏，则百之二三耳。学者能切究于此，而以求《左》《史》《公》《穀》《语》《策》之义法，则触类而通，用为制举之文⑳，敷陈论策㉑，绰有余裕矣。虽然，此其末也㉒。先儒谓韩子因文以见道㉓，而其自称则曰："学古道，故欲兼通其辞㉔。"群士果能因是以求六经、《语》、《孟》之旨，而得其所归，躬蹈仁义㉕，自勉于忠孝，则立德立功以仰答我皇上爱育人材之至意者，皆始基于此，是则余为是编以助流政教之本志也夫㉖。雍正十一年春三月和硕果亲王序㉗。

一、三传、《国语》、《国策》、《史记》为古文正宗㉘，然皆自成一体，学者必熟复全书㉙，而后能辨其门径；入其奥窔㉚。故是编所录，惟汉人散文及唐宋八家专集，俾承学治古文者先得其津梁㉛，然后可溯流穷源，尽诸家之精蕴耳。

一、周末诸子㉜，精深闳博，汉、唐、宋文家皆取精焉。但其著书主于指事类情㉝，汪洋自恣，不可绳以篇法㉞。其篇法完具者间亦有之，而体制亦别，故概弗采录。览者当自得之。

一、在昔议论者，皆谓古文之衰自东汉始，非也。西汉惟武帝以前之文，生气奋动㉟，倜傥排宕㊱，不可方物㊲，而法度自具。昭、宣㊳以后，则渐觉繁重滞涩㊴，惟刘子政杰出不群㊵，然亦绳趋尺步㊶，盛汉之风，邈无存矣㊷。是编自武帝以后至蜀汉㊸，所录仅三分之一，然尚有以事宜讲问，过而存之者㊹。

一、韩退之云:"汉朝人无不能为文。"㊺今观其书疏吏牍㊻,类皆雅饬可诵㊼。兹所录仅五十余篇,盖以辨古文气体㊽,必至严乃不杂也。既得门径,必从横百家而后能成一家之言㊾。退之自言"贪多务得,细大不捐"是也㊿。

一、古文气体,所贵清澄无滓。澄清之极,自然而发其光精,则《左传》《史记》之瑰丽浓郁是也。始学而求古求典,必流为明七子之伪体㉛。故于《客难》《解嘲》《答宾戏》《典引》之类皆不录㉜。虽相如《封禅书》㉝,亦姑置焉,盖相如天骨超俊㉞,不从人间来,恐学者无从窥寻而妄摹其字句,则徒敝精神于蹇浅耳㉟。

一、子长《世表》《年表》《月表》序㊱,义法精深变化。退之、子厚读经、子㊲,永叔史志论㊳,其源并出于此。孟坚《艺文志·七略序》㊴,淳实渊懿㊵,子固序群书目录㊶,介甫序《诗》《书》《周礼》义㊷,其源并出于此。概弗编辑,以《史记》《汉书》,治古文者必观其全也。独录《史记·自序》,以其文虽载家、传后㊸,而别为一篇,非《史记》本文耳。

一、退之、永叔、介甫俱以志铭擅长㊹。但

序事之文，义法备于《左》《史》，退之变《左》《史》之格调而阴用其义法⁶⁵，永叔摹《史记》之格调而曲得其风神⁶⁶，介甫变退之之壁垒而阴用其步伐⁶⁷。学者果能探《左》《史》之精蕴，则于三家志铭，无事规橅而自与之并矣⁶⁸。故于退之诸志，奇崛高古清深者皆不录，录"马少监""柳柳州"二志⁶⁹，皆变调⁷⁰，颇肤近。盖志铭宜实征事迹，或事迹无可征，乃叙述久故交亲，而出之以感慨，马志是也；或别生议论，可兴可观⁷¹，柳志是也。于永叔独录其叙述亲故者、于介甫独录其别生议论者，各三数篇，其体制皆师退之，俾学者知所从入也。

一、退之自言所学，在"辨古书之真伪，与虽正而不至焉者"⁷²。盖黑之不分，则所见为白者非真白也。子厚文笔古隽⁷³，而义法多疵，欧、苏、曾、王亦间有不合，故略指其瑕，俾瑜者不为掩耳⁷⁴。

一、《易》《诗》《书》《春秋》及"四书"⁷⁵，一字不可增减，文之极则也。降而《左传》、《史记》、韩文，虽长篇，句字可薙芟者甚少⁷⁶。其余诸家，虽举世传诵之文，义枝辞冗者，或不免矣。未便削去,姑钩划于旁,俾观者别择焉。

---

①《太史公自序》:司马迁作(见《史记》卷一百三十),叙述作者家世及有关《史记》写作的情况。　②年十岁,诵古文:《史记》原文为"年十岁而诵古文"。　③藻绘:堆砌辞藻,讲究文采。　④韩氏:韩愈,字退之,唐代文学家,唐宋古文运动的代表人物。起:兴起,振兴。八代:东汉、魏、晋、宋、齐、梁、陈、隋八个朝代。苏轼在《潮州韩文公庙碑》中说,韩愈"文起八代之衰",认为古文自西汉以后,历经八代衰微,到了唐代才由韩愈重新振兴起来。　⑤盛汉:指西汉盛世。质:质朴。　⑥盖:大概,大抵。六经:儒家的六部经典,即《易》《诗》《书》《礼》《乐》《春秋》。孔子、孟子之书:指《论语》和《孟子》。余肄:支条。肄:树木再生的嫩条。　⑦"建首"句:意思是说京师应为教化最好的地方。出《汉书·儒林传序》:"故教化之行也,建首善自京师始。"　⑧八旗子弟:清朝初期将满族编为黄、白、红、蓝、镶黄、镶白、镶红、镶蓝八旗,后又增设八旗蒙古、八旗汉军。满洲八旗地位最高。八旗子弟指满族贵族的子弟。　⑨成均:西周时的大学,后来也称国子学或国子监为"成均"。这里指教授八旗子弟的官学。　⑩俾(bǐ):使。　⑪监临:监管临视。　⑫窃:谦词,私自,私下。承学之士:入学馆学习的人。承:接受。　⑬圣祖仁皇帝:即康熙皇帝。《渊鉴》:即《古文渊鉴》,康熙命徐乾学等编选,共六十四卷,选《左传》《公羊传》《穀梁传》《国语》《战国策》以及秦至宋文,每卷有康熙御批和注笺,以倡导古文,并供学习古文之用。　⑭闳(hóng):宏

大。 ⑮ 切究：深切地领会，理解，指很好地掌握。 ⑯ 约：精要。书疏：书信和上给皇帝的奏章。唐宋八家：指唐代韩愈、柳宗元，宋代欧阳修、苏洵、苏轼、苏辙、王安石、曾巩等八位散文大家。楷：楷模，范本。 ⑰ 盖：句首语气词，表示下文是一种推论。⑱ 剟(duō)：割取。 ⑲ 尤：优异突出的。 ⑳ 制举：应试科举。㉑ 敷陈：铺叙，详加论说。论策：议论文和策问，都是康熙以后科举考试的内容。 ㉒ 此其末也：意思是说，能写作科举文章，还不是学习的根本目的。 ㉓ 先儒：指北宋程颢。他认为学习本是为了修德，有德然后才有言，而韩愈却弄颠倒了，是学文然后见道。见《近思录》及张伯行集解。 ㉔"学古道"二句：见韩愈《题欧阳生哀辞后》。 ㉕ 躬：亲自。蹈：实行，遵循。 ㉖ 本志：指内心愿望。㉗ 和硕果亲王：爱新觉罗允礼，康熙第十七子。 ㉘ 三传：指《春秋左氏传》《公羊传》《穀梁传》，这三部书都是阐发《春秋》经经文的著作。 ㉙ 熟复：反复熟读。 ㉚ 窔窔(yào yào)：深奥。 ㉛ 津梁：渡口和桥梁，比喻用作引导的事物或过渡的方法、手段。 ㉜ 周末诸子：春秋战国时各个学派，也指各个学派的代表人物，如孔子、老子、庄子、孟子、荀子、韩非子等。此处指后者。 ㉝ 类情：类推以阐发事物的情理。 ㉞ 绳：衡量。 ㉟ 奋动：蓬勃振奋，形容富有生气。 ㊱ 倜傥(tì tǎng)：洒脱，不拘束。排宕：开放、有气势。㊲ 不可方物：不能识别。语出《国语·楚语》："民神杂糅，不可方物。"此处指不能具体辨析其篇章结构等写作手法。 ㊳ 昭、宣：西汉昭帝和宣帝。 ㊴ 繁重滞涩：指文章写得拖沓，不流畅。 ㊵ 刘子政：刘向，本名更生，字子政，西汉经学家、目录学家、文学家。㊶ 绳趋尺步：这里指按固定的规范标准写文章。绳、尺都是木工用来比划曲直、度量长短的工具,这里用来比喻固定的文章标准、规矩。 ㊷ 邈(miǎo):久远。 ㊸ 蜀汉:朝代名。三国时刘备占据蜀地称帝,国号汉,后代称之为蜀汉。 ㊹ 过:超出常规。 ㊺“汉朝人”句:见韩愈《答刘正夫书》。 ㊻ 吏牍:公文。 ㊼ 类:大抵。雅饬(chì):典雅工整。 ㊽ 气体:文气和文体。 ㊾ 从横:即纵横。㊿“贪多务得”二句:见韩愈《进学解》。意谓博览群书,兼收并蓄。捐:舍弃。 (51) 明七子:指“前后七子”。明弘治、正德时期文学家李梦阳、何景明、徐祯卿、边贡、康海、王九思和王廷相并称“前七子”。嘉靖、隆庆时期文学家李攀龙、王世贞、谢榛、宗臣、梁有誉、徐中行和吴国伦并称“后七子”。伪体:指模拟因袭、缺乏生命力的东西。杜甫《戏为六绝句》:“别裁伪体亲风雅。”前后七子都主张拟古,追求形式,形成一股摹拟风气,对当时及清代文学创作都产生了不良影响,所以方苞称之为“伪体”。 (52)《客难》:即《答客难》,东方朔作。《解嘲》:扬雄作。《答宾戏》《典引》:班固作。 (53) 相如:即司马相如,西汉著名的辞赋家。 (54) 天骨:天生的骨骼,指天赋的品性气度。 (55) 敝:耗费。蹇(jiǎn)浅:生涩肤浅。 (56) 子长:指司马迁。迁字子长,西汉史学家、文学家和思想家,《史记》的作者。《世表》《年表》《月表》序:指《史记》十表的序。司马迁《史记》中有十表,分《世表》《年表》《月表》三类,如《三代世表》《十二诸侯年表》《秦楚之际月表》等,每表前各有序。 (57)“退之”句:指韩愈、柳宗元读经书、诸子书后写的文章,如韩愈的《读荀子》《读仪礼》,柳宗元的《论语辩》《辩列子》等。 (58) 永叔史志论:指欧阳修的《新唐书·艺文志序》等文。欧阳修字永叔。 (59) 孟坚:班固字孟坚,东汉史学家、文学家,《汉书》的作者。《艺文志·七略序》:当指《汉书·艺文志序》。

班固的《艺文志》是以刘歆的《七略》为蓝本,故此并称之。　⑥⓪ 渊懿(yì):深刻而有内容。懿:深。　⑥① "子固"句:曾巩有《战国策目录序》《新序目录序》等文。子固:曾巩的字。　⑥② "介甫"句:王安石有《诗义序》《书义序》《周礼义序》等文。介甫:王安石的字。　⑥③ 家、传:指《史记》中的"世家"和"列传"。　⑥④ 志铭:即墓志铭,刻在石上埋入坟墓中的文字,写明墓中人的姓名及一生的主要事迹、经历等。　⑥⑤ 阴:暗地里,这里指把别人的东西融合到自己的东西里面,使得表面上看不出来。　⑥⑥ 曲:深入而巧妙地。　⑥⑦ 壁垒:军营的防御工事,这里比喻结构布局。步伐:指章法。　⑥⑧ 规橅:即规模,效法,摹仿。并:并列齐名,指取得同样的成就。　⑥⑨ 马少监、柳柳州二志:指韩愈《殿中少监马君墓志》《柳子厚墓志铭》。柳柳州:柳宗元晚年为柳州刺史,故人称柳柳州。　⑦⓪ 变调:指不同于常规的写法。　⑦① 兴:抒发感情志向。观:认识社会。语本《论语·阳货》。　⑦② "辨古书"二句:见韩愈《答李翊书》。　⑦③ 古隽(jùn):古朴俊拔。隽:通"俊",俊秀、俊拔。　⑦④ 掩:掩盖。　⑦⑤ 四书:从宋代开始,《论语》《孟子》《大学》《中庸》被合称为"四书"。　⑦⑥ 薙芟(tì shān):删减。

翻译

　　司马迁《太史公自序》说:"十岁时,开始诵读古文。"周代以前的书都是他所谓的古文。自魏晋以后,堆砌辞藻、讲究文采的文章盛行,到唐代韩愈将衰微了八代的古文重新振兴起来,然后读书人才将先秦西汉论事说理、古朴而不芜杂的文章当作古文,那些大抵是六经及孔子、孟子之书的支流枝梢。我大清国考求古制,规范礼仪,首先要把京师建设为教化最好的地方,所以广泛地选拔优秀特出的八旗子弟,进入国子监学习。皇上爱惜培育人才,开辟学馆,供给资财粮食,使得大家能专心致志地勤奋学习;而我作为一个并无才能的人,此次却蒙受皇上的恩宠任命,到国子监来监察管理而教授督促诸生。我私自认为,来受学的士子一定要钻研古文,但近来社会上书坊刊印的古文,绝对没有好的本子。圣祖仁皇帝御定的《古文渊鉴》中的古文,宏大广博而深远,不是初学所能全部阅读并切实究明的。于是精选了两汉的书信奏章及唐宋八大家的文章,刊印发行,用作广大士人学习古文的范本。

  古文的由来,很久远了,六经、《论语》、《孟子》是它的根源。能够成为它们的支流而义法最精的,没有一种比得上《左传》《史记》,然而它们各自成书,首尾完整,不可分割。其次是《春秋公羊传》《春秋穀梁传》《国语》《战国策》,虽然都有各自的篇法可以探索,但都是贯通地记载数百年的言论和事情。读书人必须通读全书,然后才能获得它们的精要。只有两汉的书信奏章及唐宋八大家的文章,每篇写一事,可以选择出其中最优秀的。但所选的一定要最为精要,然后它们义法的精微才可能体现出来。所以从韩愈的作品中选十分之二,欧阳修的选十分之一,其余六家有的选二十分之一,有的选三十分之一;两汉的书信奏章,则选取百分之二三罢了。读书人能对这些文章切实探究,再用来探索《左传》

《史记》《公羊传》《穀梁传》《国语》《战国策》的义法，那么触类旁通，用来做科举文章，写好议论文和策问，肯定是绰绰有余了。虽然如此，但这是学习古文的最低要求了。前辈儒家程颢说韩愈是因学文而发现"道"，但韩愈自己却宣称："学古道，所以想同时弄通古文言辞。"广大文士果真能依据我们这本文选来探求六经、《论语》、《孟子》的宗旨，而得到他们根本的趋向，亲自实践仁义，在忠孝上鼓励自己，那么立德、立功来报答我们皇上爱惜培育人材的最好心意，都从这里开始打下基础。这就是我编选这套古文读本来辅助传播政治教化的内心愿望。雍正十一年春三月和硕果亲王序。

一、《春秋》三传、《国语》、《国策》、《史记》是古文的正宗，但都自成一个整体，读书人一定要反复熟读全书，然后才能辨明其门道，而进入到深奥中去。所以这部书中所选编的，只是汉代散文和唐宋八大家散文专集，以使初学作古文的人先知道写作古文的方法途径，然后可以考察源流，完全掌握各家的精髓。

一、周代末叶诸子的文章，精深而宏大广博，汉代、唐宋的文章作家都是从中吸取精华的。只是先秦诸子著书，目的在于指出事实，以类推阐发情理，所以像在汪洋大海而自由自在，不可用一定的篇章法则来衡量。其中篇章法则完备的文章也偶尔有一些，但体制也各有不同，所以一概不予采录。读者理当从自己的阅读中去获得这样的体会。

一、过去议论的人都说，古文的衰微是从东汉开始的，这是不对的。西汉只有武帝以前的文章,富有生气,奋发飞动,洒脱不群,激荡奔放,不能具体识别其形成的种种原因,却又自有其法度。昭帝、宣帝之后,文章就渐渐地写得拖沓而不流畅,只有刘向杰出,不同凡响,但也只是亦步亦趋地按照固定的规范写作,西汉盛世的文风,到这时已经完全没有了。这部读本中对汉武帝至三国时的文章录取的仅占三分之一,然而其中还有些文章因为所写之事适合讲授答问,所以虽然超出选录范围,却保留下来了。

一、韩愈说:"汉朝人没有不能写文章的。"现在看汉朝的书信奏章公文之类,大抵都典雅工整,可以诵读。这里选录的文章只有五十余篇,因为辨察古文的文气文体,一定要极为严格才能不至于驳杂。知道了门径,还必须广泛地学习百家之长,然后才能成就一家之言。韩愈自己说"贪多务得,细大不捐",就是这个意思。

一、古文的文气文体,贵重的是纯清而没有渣滓。纯清的最高境界,便是自然而又能散发出光泽精华,那么《左传》《史记》的瑰丽浓郁就是这样。初学就追求古雅典范,必然会沦落成明代前后七子的那种摹仿形式的伪体,所以像《答客难》《解嘲》《答宾戏》《典引》之类的文章都不采录。即使像司马相如的《封禅文》,也姑且搁置不选,因为司马相如天生超凡俊杰,不是从人世间来的,恐怕读书人无从窥伺寻找他的精华,却胡乱地摹仿其字句,那只会白费精神在生涩浅薄中罢了。

一、司马迁的《世表》《年表》《月表》序文,义法精深又富于变化。韩愈、柳宗元读经书和诸子文而写的文章,欧阳修的史志论,它们的来源都出在这里。班固的《艺文志·七略序》,淳厚朴实而又深刻有内容,曾巩的群书目录序,王安石的《诗义序》《书义序》《周礼义序》等文,它们的来源全都出在这里。以上一概都没编入,因为《史记》《汉书》是学作古文的人必须全部通读的。单单选录了《史记·太史公自序》,因为这篇文章虽然列在"世家""列传"之后,但别为一篇,不是《史记》的本文。

一、韩愈、欧阳修、王安石都擅长写墓志铭。但是叙事的文章,义法在《左传》《史记》中已经具备,韩愈变换《左传》《史记》的格调而暗用它们的义法,欧阳修摹仿《史记》的格调而巧妙地领会了它的风格神韵,王安石又变换韩愈的结构布局而暗用他的章法。学古文的人真正能够探究《左传》《史记》的精华,那么对于三家的墓志铭,不用去摹仿就自然会和他们取得同样的成就了。所以对韩愈作品中奇特突出、高超古雅、清新深沉的墓志都没选录,只选录《殿中少监马君墓志》和《柳子厚墓志铭》。这两篇都改变通常写法,比较浅显易学。一般来说,墓志铭应当如实验证事迹,有的事迹无可验证,便叙述作者与死者之间长久亲密的交情,而以此发出感慨,马君墓志就是这样。有的是另外发表一通议论,可以激发情感志向,可以认识某些事理,《柳子厚墓志铭》就是这样。对欧阳修只选录他给亲人朋友写的墓志铭,王安石的只选录于记事之外发表议论的墓志铭,各有几篇,他们的体制都是学的韩愈,选这些是为了使初学的人知道怎样入门。

古文约选序例

一、韩愈说自己的学习,在于"辨别古书的真伪,和虽正但没达到理想标准的文章"。大凡分辨不清黑,那么所见的白就不会是纯真的白。柳宗元文笔古朴俊秀,但义法却有很多小毛病。欧阳修、苏氏父子、曾巩、王安石的文章也偶尔有不合义法的,所以都大略地指出其中的缺点,以使其优点不至于被掩盖。

一、《周易》《诗经》《尚书》《春秋》以及"四书",一个字也不能增减,是文章的最高准则。以下《左传》、《史记》、韩愈的文章,虽然篇幅很长,但字句可以删减的却很少。其余各家,即使是举世传诵的文章,内容枝蔓、言辞冗杂之处,大概不能避免吧!不便于删改,姑且在旁边加以钩划,使读者便于辨别选择。

书归震川文集后

归有光,明代散文大家,昆山人,字熙甫,人称震川先生。进士出身,官至南京太仆丞。喜欢司马迁的《史记》,推崇唐宋古文,但反对当时盛行的"文必秦汉"的复古主张。归有光向为后人所推崇,而方苞独持褒贬,这是因为方苞有他自己的散文理论。方苞认为,散文不仅要做到文情并茂,还必须做到"言有序"和"言有物",即要符合"义法"。"言有序"是"法","言有物"是"义"。以此为标准,则归文虽能做到"有序"但未能都做到"有物"。方苞对唐宋散文八大家仅于韩愈无所贬抑,明代散文唯对归有光有所褒扬,但他仍觉得归文不尽如人意,可见方苞的散文理论对内容的强调。

昔吾友王昆绳目震川文为肤庸①,而张彝叹则曰②:"是直破八家之樊③,而据司马氏之奥矣④。"二君皆知言者,盖各有见而特未尽也⑤。震川之文,乡曲应酬者十六七⑥,而又徇请者之意⑦,袭常缀琐⑧,虽欲大远于俗言,其道无由。其发于亲旧及人微而语无忌者,盖多近古之文⑨。

至事关天属⑩,其尤善者,不俟修饰,而情辞并得,使览者恻然有隐。其气韵盖得之子长,故能取法于欧、曾,而少更其形貌耳。

孔子于《艮》五爻辞⑪,释之曰:"言有序。"《家人》之《象》⑫,系之曰⑬:"言有物。"凡文之愈久而传,未有越此者也。震川之文于所谓"有序"者,盖庶几矣,而"有物"者则寡焉。又其辞号雅洁,仍有近俚而伤于繁者。岂于时文既竭其心力⑭,故不能两而精与?抑所学专主于为文,故其文亦至是而止与?此自汉以前之书所以有驳有纯⑮,而要非后世文士所能及也。

---

① 王昆绳:王源,字昆绳,一字或庵。举人出身。喜谈军事,为古文以秦汉为宗。是方苞挚友。目:视为。 ② 张彝叹:张自超,字彝叹。进士出身。精研经史,以擅长古文出名。为方苞挚友。 ③ 樊:樊篱,比喻对事物的限制、局限。 ④ 奥:堂奥。这句是说学习司马迁古文,已经登堂入室,得其真髓。 ⑤ 特:只,不过。 ⑥ 乡曲:乡村邻里。 ⑦ 徇(xùn):曲从。 ⑧ 袭常:袭用常规。缀琐:这里指写作琐碎而平凡的应酬文章。缀:连结,组合。这里指写作文章。 ⑨ 人微:指所写之人的地位低下。近古:中古以后的历史阶段,大抵指唐宋以后。 ⑩ 事关天属:指归有光为亲人所写的

哀悼纪念文章,如《祭妹文》《项脊轩志》等。天属:天然的亲属关系。 ⑪艮(gèn):《周易》中的卦名。爻(yáo):《周易》中组成卦的长短符号。爻辞:即说明六十四卦各爻象的文辞。 ⑫《家人》:《周易》中的卦名。《象》:即象辞,又称象传。《周易》在爻辞之下有"象曰","象曰"以下便是象辞。《周易》以六爻相交成象,爻象即卦所显示的形象。象辞即解说"象"之辞。总论一卦之象为大象,论一爻之象为小象,分别根据卦、爻所示之象,通过想象解释推论人事的变化。 ⑬系:即《系辞》,专以阐述《易》理,相传为孔子所作。 ⑭时文:旧时对当时科举考试所采用文体的通称。明清时用以称八股文。 ⑮书:书法艺术。驳:芜杂。

翻译

　　以前我的好友王昆绳认为归震川的散文肤浅平庸,而张彝叹却说:"归文直冲破唐宋散文八大家的樊篱,而占有司马迁的堂奥了。"他们二位都是言论有见地的人,不过是各有所见而都不太全面。归震川的文章,乡曲邻里之间的应酬占了十分之六七,又要顺从请求他写文章的人的愿望,只得袭用常规,写上些琐俗的应酬文字,即使想尽量地回避庸俗言辞,也没有可行的办法。那些为亲朋好友写的文章,以及为那些地位低下的人所写的措词很随意的文章,一般多属近古风格的文章。至于那些为自己的至亲写的文章,其中写得最好的不需要着意雕饰,而情辞并茂,使人读来心中凄怆忧伤。这类文章的气韵大概是从司马迁那里学来的,所以能取法阳欧修、曾巩,而稍微改变文章的形体风貌。

孔子在《艮》卦五爻辞下解释说:"言有序。"在《家人》之《象》的系辞中说:"言有物。"凡能经久流传的文章,还没有超出这两条的。震川的文章在所谓"有序"方面,大概做得差不多了,而做到"有物"的则很少。另外,归文虽然号称言辞典雅简洁,但仍有近于俚俗而过于繁杂的。难道是因为做时文已经耗费尽了心力,所以不能同时把古文也做得很精吗?还是因为所学的东西只是专门为了做文章,所以他的文章就到此为止了呢?这就是汉以前的书法所以有的驳杂、有的纯真的原因,而重要的是,它们都不是后世文人们所能达到的。

书五代史安重诲传后

本文以欧阳修的《新五代史·安重诲传》为例,说明"义法"的具体运用。什么是"义法"呢?方苞在《又书货殖传后》中指出:"义,即《易》之所谓'言有物'也;法,即《易》之所谓'言有序'也。义以为经而法纬之,然后为成体之文。"那么所谓"义法",就是内容和形式的具体统一。方苞认为,记事文中的义法,关键在于详审其事的"义",然后采用适当的"法","变化随宜,不主一道"。《左传》《史记》真正做到了这一点。而欧阳修的《安重诲传》由于并未周详认识其事的义,不恰当地采取叙事议论相间杂的方式,内容与形式不相适应,不合记事文"义法"。

记事之文,惟《左传》《史记》各有义法,一篇之中,脉相灌输而不可增损①。然其前后相应,或隐或显,或偏或全,变化随宜,不主一道。《五代史·安重诲传》总揭数义于前,而次第分疏于后,中间又凡举四事,后乃详书之。此书、疏、论、策体,记事之文,古无是也。

《史记》伯夷、孟、荀、屈原传②,议论与叙事相间,盖四君子之传③,以道德节义,而事迹则无可列者。若据事直书,则不能排纂成篇,其精神心术所运④,足以兴起乎百世者,转隐而不著。故于《伯夷传》叹天道之难知,于《孟荀传》见仁义之充塞,于《屈原传》感忠贤之蔽壅⑤,而阴以寓己之悲愤。其他本纪、世家、列传有事迹可编者,未尝有是也。《重诲传》乃杂以论断语。夫法之变,盖其义有不得不然者,欧公最为得《史记》法,然犹未详其义而漫效焉,后之人又可不察而仍其误邪?

---

① 灌输:贯通。　② 伯夷:商朝末年孤竹君长子,周灭商后,和弟弟叔齐逃到首阳山,不食周粟而死,世称贤士。《史记》有《伯夷列传》。孟、荀:孟子和荀子。《史记》有《孟子荀卿列传》。屈原:战国时大诗人,《离骚》的作者,楚国的贤大夫,受奸臣昏君的迫害,自沉汨罗江而死。《史记》有《屈原贾生列传》。　③ 传:流传,指流芳后世。④ 心术:这里指居心,思想意识。所运:被运动的,指言行。这句指伯夷等人的精神和思想所产生的言行。　⑤ 蔽壅(yōng):蒙蔽堵塞。指受到冤屈,不被重用。

翻译

　　记事文章,只有《左传》《史记》各篇有义法,一篇之中,文脉贯通而不可增添删减。但它们的文脉前后相呼应,有的隐蔽,有的明白,有的侧重,有的全面,各随内容作适当的变化,并不只限于一种方法。《新五代史·安重诲传》先总起来提出几个思想论点,然后逐条分别加以阐述,中间又一共列举四件事,然后再对四件事详加述说。这是书信、公文、奏章、论说、策问的文体。记事文章,古代是没有这类文体的。

　　《史记》中伯夷、孟子、荀子、屈原各传,议论和叙事相结合,那是由于这四位贤人之所以流芳后世,是因为他们的道德节义,而他们的事迹则没有多少能加以记述的,如果根据他们的事迹直录下来,则不能编排成文,他们的精神和思想所运作的足以使百代振兴的东西,反而会被埋没而不显明。所以《伯夷列传》主要感叹天道难知;《孟子荀卿列传》主要感叹仁义不能施行;《屈原列传》主要感叹忠贤受到冤屈,而暗中寄托着作者自己的悲愤。其他本纪、世家、列传所写人物凡有事迹可以编述的,都还没有像这样的。而《安重诲传》却夹杂着结论判断的语句。文章作法的变化,一般都是由于它的思想内容要求不得不如此。欧阳修最精通《史记》的作文方法,然而还有对思想内容认识不够周详而随便效法的,后来人又可以不明察这一点而继续他这样的失误吗?

答申谦居书(节选)

　　这段文章阐述学习、写作"古文"之难,实际上也就是从某种角度阐述"古文"的标准——"本经术而依于事物之理"。以此标准,方苞评价了唐宋八大家的散文得失,并由此指出,要写好古文,"必先定其祈向,然后所学有以为基;匪是,则勤而无所"。从本文可以看到,方苞的古文理论主要是强调义理,即要言之有物,言之有理,其义理则以六经为本。同时,要写好古文,必须注重自身的品性修养。方苞一生遵礼守义,他认为这是写文章做学问的根本。

　　仆闻诸父兄①:艺术莫难于古文②。自周以来,各自名家者③,仅十数人,则其艰可知矣。苟无其材④,虽务学不可强而能也;苟无其学,虽有材不能骤而达也;有其材,有其学,而非其人⑤,犹不能以有立焉。盖古文之传,与诗赋异道。魏晋以后,奸宄污邪之人而诗赋为众所称者有矣⑥,以彼瞑瞒于声色之中⑦,而曲得其情状,亦所谓"诚而形"者也⑧,故言之工而为流俗所不弃⑨。

若古文,则本经术而依于事物之理⑩,非中有所得,不可以为伪⑪。故自刘歆承父之学⑫,议礼稽经而外⑬,未闻奸宄邪污之人而古文为世所传述者。韩子有言⑭:"行之乎仁义之途,游之乎《诗》《书》之源。"⑮兹乃所以能约六经之旨以成文,而非前后文士所可比并也。姑以世所称唐宋八家言之:韩及曾、王并笃于经学,而浅深广狭醇驳等差各异矣。柳子厚自谓取原于经,而掇拾于文字间者⑯,尚或不详。欧阳永叔粗见诸经之大意,而未通其奥赜⑰。苏氏父子则概乎其未有闻焉⑱。此核其文而平生所学不能自掩者也。韩、欧、苏、曾之文,气象各肖其为人,子厚则大节有亏⑲,而余行可述。介甫则学术虽误,而内行无颇。其他杂家小能以文自襮者⑳,必其行能少异于众人者也㉑。非然,则一事一言偶中于道而不可废,如刘歆是也。然若歆者,亦仅矣。以是观之,苟志乎古文,必先定其祈向㉒,然后所学有以为基;匪是,则勤而无所。若夫《左》《史》以来相承之义法,各出之径涂㉓,则期月之间可讲而明也㉔。

答申谦居书(节选)

①仆:对自己的谦称。 ②艺术:泛指技艺。 ③名家:出名成为大家。 ④材:指天生的资质。 ⑤人:指那些能修身立道、以古文名家的人物。 ⑥奸佥:奸嬖邪佞。佥:邪佞。污邪:品行低劣。 ⑦瞑瞒(míng mán):沉迷。声色:歌舞女色。 ⑧诚而形:即《中庸》"诚则形",原意是说,内心真实就表现在外形。这里借来讽刺奸佞邪恶之辈内心确实丑恶,因而表现必然不端。 ⑨工:工致,有功力。 ⑩经术:经学、儒术。 ⑪伪:虚伪。《礼记·乐记》:"和顺积中,而英华发外,唯乐不可以为伪。"孔疏:"若善事积于中,则善声见于外,若恶事积于中,则恶声见于外。若心恶而望声之善,不可得也。"此用其语意。 ⑫刘歆:字子骏,西汉末年经学家。继承父亲刘向之业,总校群书,撰成《七略》。 ⑬议礼稽经:探讨古代的礼仪制度,考证儒家经典。这里指刘歆根据古文《逸礼》三十九篇、古文《尚书》十六篇及古文《左传》探讨周代礼仪,考订儒家经典,反对西汉盛行的今文经学。事见《汉书·刘歆传》。按,由于刘歆后来依附王莽,改名刘秀,任为国师,其人被视为奸佞,但对古文经学有所贡献,所以方苞举为特例,以为例外。 ⑭韩子:指韩愈。 ⑮"行之乎"二句:见韩愈《进学解》。《诗》即《诗经》,《书》即《书经》,亦即《尚书》。这里《诗》《书》泛指儒家经典。 ⑯掇拾:采取。文字间:指文章里。 ⑰奥赜(zé):精要幽深之处。 ⑱闻:闻道。《论语·里仁》:"朝闻道,夕死可矣。"这句是说苏氏父子大概还没有学到儒家道义。 ⑲子厚则大节有亏:柳宗元曾参加主张改革的王叔文集团,任礼部员外郎。方苞说他"大节有亏",大概指此。 ⑳襮(bó):

暴露、显示。　㉑ 行能：品行与才能。　㉒ 祈(qí)向：祈求向往。这里指代人的志向。　㉓ 径涂：途径，引申指事物所遵循的规律。径：途径。涂：同"途"。　㉔ 期(jī)月：一年十二个月。期：一个周期。《论语·子路》："苟有用我者，期月而已可也。"

翻译

　　我从父辈兄长们那里听说：技艺中没有比写作古文更难的。从周代以来，各自靠文章出名成大家的，不过十几人，那么写作古文的艰难便可想而知了。如果没有那份天才，即使专职学习也不可能勉强学会；如果没有这样学习，即使有那份天才，也不可能一下子就有成就；有那份天资，又这样学习，但不是那种人物，还是不能有所建树。大概古文的流传，与诗赋不一样。魏晋以后，奸譬邪佞、品行不端却能写出为人们所称道的诗赋的人是有的，因为他们沉迷于歌舞女色之中，而深入了解其中的情状，这也是所谓"诚而形"的一种，所以诗赋言辞工巧，而被世俗所接受。至于古文，则以经术为本而依据事物的情理，不是心中有所领悟便不能作，是不能凭空作假的。所以除刘歆继承父亲的学业、探究礼仪、考稽经典之外，再没有听说奸譬邪佞、品行不好的人而古文能流传于世的。韩愈曾经说过："在仁义的大道上行走，在《诗》《书》的源流里畅游。"这就是他所以能精要地领会六经的旨意而写成文章，而不是前后的文士所能比拟并论的原因。姑且拿世人所称道的唐宋八大家来说，韩愈以及曾巩、王安石都忠实于经学，但对经学的研究领会的深刻浅陋、广博狭小、醇正驳杂的程度却各有差别了。柳宗元自己说是从经典中汲取原始本意,但就他在文章中采取的经义来看,还是有不明了的地方。欧阳修大略知道各种经典的大意,但并不通晓它们的精微深义。苏氏父子则大概都还没有闻道。这一点,核对他们的文章,于是他们一生所学、不能自掩的东西就一目了然了。韩愈、欧阳修、苏轼、曾巩的文章,其气势风格各像他们的为人。柳宗元在大气节上有亏损,其他的品行可以称述。王安石的学术虽然走上歧途,但自身修养却没有偏颇。其他众杂的作家小有才能凭文章显示自己的为人,一定是他的品行与才能稍优于一般的人的缘故。不然的话,就是一事一言偶然与道相合而不能废除,如刘歆就是这样。然而像刘歆这样的人,也是仅此一个了。由此可以看到,如果立志于古文,一定要先立下志向,然后要有一定的学识为基础,不这样的话,就会白白地辛苦而一无所获。至于《左传》《史记》以来相承袭的义法,都是各有一定规律可遵循的,是一年的时间便可以研习明白的。

杨千木文稿序

杨三炯,字千木,浙江诸暨人。与戴名世友善,方苞于狱中与之相识,遂为好友。本文从另一角度论述"义法"理论的"言有物",认为好的文学作品是不能勉强做出来的,而应是作者品性气质的体现,是作者心有所蓄不吐不快的自然流露。所以说,"文者,生于心而称其质之大小厚薄以出者也;戋戋焉以文为事,则质衰而文必敝矣"。古代大文豪、名诗人无意于为文为诗,而"文莫盛焉""诗莫盛焉";后人为作文而作文,为写诗而写诗,因而只能流于肤浅的形式摹仿。这说明在方苞的"义法"理论中,"义"是首要的,其次才是"法"。他认为没有内容的形式,形式和内容不统一,都不可取。这种观点,在今天看来,也是正确的。

自周以前,学者未尝以文为事,而文极盛。自汉以后,学者以文为事,而文益衰。其故何也? 文者,生于心而称其质之大小厚薄以出者也①;戋戋焉以文为事②,则质衰而文必敝矣③。

古之圣贤,德修于身,功被于万物④,故史臣记其事，学者传其言，而奉以为经，与天地同流。其下如左丘明、司马迁、班固⑤，志欲通古今之变，存一王之法⑥，故纪事之文传。荀卿、董傅守孤学以待来者⑦，故道古之文传。管夷吾、贾谊达于世务⑧，故论事之文传。凡此皆言有物者也。其大小厚薄，则存乎其质耳矣。魏晋以降，若陶潜、李白、杜甫⑨，皆不欲以诗人自处者也⑩，故诗莫盛焉。韩愈、欧阳修，不欲以文士自处者也，故文莫盛焉。南宋以后，为诗若文者⑪，皆勉焉以效古人之所为，而虑其不似，则欲不自局于寒浅也，能乎哉？

时文之于文，尤术之浅者也，而其盛行于世者，如唐顺之、归有光、金声⑫，窥其志，亦不欲以时文自名。吾友杨君千木，才足以立事，义足以砥俗⑬。听其言，观其貌，不知其为文士也；及出其所为时文，则穷理尽事，光明磊落，辉然而出于众。盖其心与质之奇，不能自秘者如此⑭。既为论定，因发其所以，使学者知所务焉⑮。

---

① 称(chèn)：相称，适应。质：质地，指文章的内容，与指作品形式的

"文"相对。　②戋戋(jiān jiān)：浅薄的样子。　③敝：破旧，低劣。　④被：施加，施及。　⑤左丘明：春秋时史学家，鲁国人。相传《春秋左传》《国语》都是他写的。　⑥一王之法：一代王朝的法度。语出《史记·太史公自序》。　⑦董傅：董仲舒，西汉经学家。主张独尊儒术，为汉武帝所采纳。官江都相、胶西相，属王国师傅，故称董傅。孤学：即儒学。因为秦始皇焚书坑儒，致使儒学到汉初成了"孤学"。　⑧管夷吾：管仲，字夷吾，春秋初期政治家。辅助齐桓公改革，使齐国成为春秋时期的第一个诸侯霸主。《管子》相传为管仲所作，书中对政治、经济、农业均有论述。贾谊：西汉政治家、文学家。文帝任为博士，再迁太中大夫。他曾多次上疏，批评时政。　⑨陶潜：陶渊明，东晋大诗人。　⑩自处：把自己当作什么看待。　⑪若：或。连词。　⑫唐顺之：字应德，明代散文家，人称荆川先生，著有《荆川先生文集》。金声：字正希，崇祯进士，官庶吉士。清兵攻克南京后，组织义军抗清，后被俘就义。　⑬砥(dǐ)：磨刀石，这里用作动词，义为使之平正。　⑭自秘：自行封闭，不让显露出来。　⑮所务：所应该努力追求的。

翻译

　　周代以前，读书人并不曾把写文章当作专门的事业，然而文章却极其兴盛。汉代以后，读书人把写文章当作专门的事业，然而文章却越来越衰微。这是什么缘故呢？文章是从心中产生，然后适应它的内容的大小厚薄而写出来的。如果很浅薄地把文章的形式当作事业,就会内容贫乏而形式一定败坏。

　　古代的圣贤,道德在自身修养,功德施于万物,所以史臣把他们的事迹记下来,读书人把他们的言论传播下来,从而遵奉为经典,和天地一样永垂不朽。其次如左丘明、司马迁、班固等人,立志要精通古今的历史变化,保存周王朝的法度,所以他们记录史实的文章得以流传。荀卿、董仲舒坚守儒家学说以等待后世志同道合的人,所以他们宣扬古代礼义的文章得以流传。管仲、贾谊通晓治理国家的事务,所以他们论述事理的文章得以流传。所有这些都是言之有物的文章。它们的篇幅大小,效用厚薄,则保存在它们的内容里了。魏晋以后,像陶渊明、李白、杜甫都不是想以诗人自命的,所以诗歌没有比他们兴盛的。韩愈、欧阳修都不是想以文人自命的,所以文章没有比他们兴盛的。南宋以后,写诗作文的人都努力效仿古人的所作所为,因而担心学得不像,那么要想不让自己局限于生拗浅薄之中,能做得到吗?

　　时文作为文章,是写作技巧中最肤浅的,而作这种文章能盛行于世的人如唐顺之、归有光、金声等,考察他们的志向,也不是想用时文来使自己出名。我的朋友杨君千木,才智足以成就事业,品行足以匡正世俗。听他说话,看他外貌,并不知道他是文人;待他拿出自己所写的时文给人看,却能穷究事理,胸怀坦荡,光辉灿烂而超出一般人。大概他的心思和品质的杰出,不能自我密藏的情形,就是像上述这样。我既已对他的文章加以评论肯定,因而阐发其中的原委,以使读书人知道努力的地方。

与程若韩书

本文论述对材料加以提炼的问题,这也是"义法"的一项重要内容。记述人生一世的文章,选取哪些材料,这是很重要的。如果罗列一些琐碎事例,则将把人物最有特色最有价值的东西掩盖掉。所以本文指出:"文未有繁而能工者,如煎金锡,粗矿去,然后黑浊之气竭而光润生。"记人的传记、墓志是这样,写别种体裁的文章也应该是这样。方苞的人物传记文章在材料取舍方面确实是做得相当好的。

来示欲于志有所增①,此未达于文之义法也。昔王介甫志钱公辅母,以公辅登甲科为不足道②,况琐琐者乎? 此文乃用欧公法③,若参以退之、介甫法,尚可损三之一;假而周秦人为之,则存者十二三耳。 此中出入离合,足下当能辨之④。

足下喜诵欧公文,试思所熟者,王武恭、杜祁公诸志乎,抑黄梦升、张子野诸志乎⑤? 然则在文言文⑥,虽功德之崇⑦,不若情辞之动人心目也,而况职事族姻之纤悉乎⑧? 夫文未有繁而能工者,如煎金锡,粗矿去,然后黑浊之气竭而光润生⑨。《史记》《汉书》长篇,乃事之体本大,非按节而分寸之不遗也⑩。前文曾更削减⑪。所谓参用介甫法者,以通体近北宋人,不能更进于古,今并附览⑫,幸以解其蔽⑬。必欲增之,则置此而别求能者可也。

---

① 来示:指来信。这是写信的套语。志:指程若韩请方苞写的一篇墓志。 ② "昔王介甫"二句:王安石给钱公辅的母亲作墓志铭,没有把钱中进士、官通判之事写进去,钱不满意,要求王安石将这些内容补充进去,王安石却认为这些事无关紧要,如果"不能行道",哪怕"贵为天子",也可以不书。并对钱说,如果要改写,就把文章退回,再另请高明。事见王安石《答钱公辅书》。登甲科:中进士。明清时代称进士为甲科,举人为乙科。 ③ 此文:当指方苞应程若韩的请求而写的墓志铭。即上文"来示欲于志有所增"之"志"。欧公:称欧阳修。 ④ 足下:称对方的敬辞。 ⑤ "王武恭"二句:指欧阳修所作的《王武恭公德用神道碑》《杜祁公墓志铭》《黄梦升墓志铭》《张子野墓志铭》。方苞认为,前两篇所记虽为国公首相,地位高、事迹多,因而篇幅长,但并不能打动人心。后两篇所记为作者的朋友,文虽不长,情辞却能动人心目。 ⑥ 在文言文:就文章来说文章的情采。 ⑦ "虽功德"二句:是说写墓志铭,与其历数所志之人的事迹、地位,不如写得情辞动人。 ⑧ 纤悉:细微详尽。这里特指无关事物大要的细小方面。 ⑨ 竭:竭尽,消失。 ⑩ 按节:按照细枝末节。分

寸：喻枝节的细微。　⑪前文：当指方苞应程若韩要求而写的那篇墓志的第一稿。　⑫附览：附上，请批阅。　⑬幸：希望。

翻译

　　来信希望我给墓志铭增加内容，这说明您还不明白文章的义法。从前王安石给钱公辅的母亲作墓志铭，认为公辅中进士都不值得提及，更何况琐碎的小事情？这篇墓志是采用欧阳修的写法，如果参照韩愈、王安石的写法，还可以删去三分之一；假如要让周秦时代的人来写，那么保留的将只有十分之二三罢了。这中间多少、取舍的差别，您应该能分辨清楚。

　　您喜欢读欧阳修的文章，试想一想您所熟悉的墓志，是《王武恭公德用神道碑》《杜祁公墓志铭》等篇呢，还是《黄梦升墓志铭》《张子野墓志铭》等篇呢？那么就文章来讲文章的情采，即使写功德的崇高，还不如文章的情辞能打动人心，更何况职位、家族和婚姻等小事情呢？写文章，还没有因为写得繁琐而又能工整精致的，譬如冶炼金和锡，粗杂的矿石去掉后，才能使黑浊污秽之气消失而产生光亮洁润。《史记》《汉书》中的长篇文章，是因为所记的事体本来就价值大，而并不是按照事体的细枝末节，一分一寸不漏地写下来。前次写的墓志曾经又作删节。所谓参用了王安石的写法，因为文章整体接近北宋人风格，不能再古了。现在一并送上请阅，希望能解开您心中的迷惑。如果一定要增加内容，那么就请把我这篇搁在一边，再另请高明好了。

与孙以宁书

　　方苞在本文中提出了他的"所载之事,必与其人之规模相称"的著名理论。人物传记,应该根据所记之人一生的经历、建树、品德修养等,选择其中最能突出人物性格特点的东西来写,从而把所记之人最有价值的东西反映出来。而那些无关大要、人人可为的事迹,则可以略而述之。这一点,方苞确实做得很好。如他所作的《孙征君传》,就主要写孙奇逢不畏奸臣、坚守节操、营救杨涟、左光斗等事迹,突出了孙奇逢的不同凡人之处。方苞认为,人物传记,如果把一些琐碎之事不加提炼地如实录下,将会"事愈详而义愈狭"。这种观点显然是正确的。

　　昔归震川尝自恨足迹不出里閈①,所见闻无奇节伟行可纪。承命为征君作传②,此吾文所托以增重也,敢不竭其愚心③!

　　所示群贤论述④,皆未得体要⑤。盖其大致不越三端:或详讲学宗指及师友渊源,或条举平生义侠之迹,或盛称门墙广大⑥,海内向仰者多。此三者,皆征君之末迹也。三者详而征君之志事隐矣。

古之晰于文律者⑦,所载之事,必与其人之规模相称。太史公传陆贾⑧,其分奴婢、装资,琐琐皆载焉。若萧、曹世家而条举其治绩⑨,则文字虽增十倍,不可得而备矣。故尝见义于《留侯世家》⑩,曰:"留侯所从容与上言天下事甚众⑪,非天下所以存亡,故不著。"此明示后世缀文之士以虚实详略之权度也⑫。宋元诸史,若市肆簿籍⑬,使览者不能终篇,坐此义不讲耳⑭。

征君义侠,舍杨、左之事⑮,皆乡曲自好者所能勉也。其门墙广大⑯,乃度时揣己⑰,不敢如孔、孟之拒孺悲、夷之⑱,非得已也。至论学,则为书甚具。故并弗采著于传上,而虚言其大略⑲,昔欧阳公作《尹师鲁墓志》,至以文自辨⑳;而退之之志李元宾,至今有疑其太略者㉑。夫元宾年不及三十,其德未成,业未著,而铭辞有曰:"才高乎当世,而行出乎古人。"则外此尚安有可言者乎?仆此传出,必有病其太略者,不知往者群贤所述,惟务征实,故事愈详而义愈狭。今详者略,实者虚,而征君所蕴蓄转似可得之意言之外㉒。他日载之家乘㉓,达于史官,慎毋以彼而易此。惟足下的然昭晰㉔,无惑于群言,是征君之所赖也,于仆之文无加损焉。如别有欲商论者,则明以喻之。

---

① 里闬(hàn):乡里。闬:里巷的门。　② 征君:孙奇逢。见本书《孙征君传》。　③ 愚心:自谦之词,说自己很笨。　④ 群贤论述:指各家为孙奇逢所作的传记评论。　⑤ 体要:事体的精要。这里指最重要的东西。　⑥ 门墙广大:指招收的弟子众多。　⑦ 晰:明白。文律:写文章的规矩、方法。　⑧ 太史公:司马迁。陆贾:汉初政治家、辞赋家。随刘邦平定天下,官至太中大夫。力主提倡儒学,对汉初的政治曾发生一定的影响。　⑨ 萧:萧何,汉初大臣。秦末辅佐刘邦起义,对刘邦战胜项羽、建立汉朝起了重要作用。官至丞相,被封为酂侯。曹:曹参,汉初大臣。跟随刘邦起义,屡建战功。汉朝建立,封平阳侯。后继萧何为汉惠帝丞相。　⑩ 见义:标示写作文章的原理。《留侯世家》:《史记》为张良作的传。张良是刘邦的谋士,汉朝建立后封为留侯。　⑪ 从容:舒缓,不急迫。这里意指长期逐渐地。　⑫ 缀文:联缀辞句成为文章,写作文章。权度:标准。　⑬ 簿籍:流水账簿。　⑭ 坐:因为。　⑮ 杨、左之事:指孙奇逢营救杨涟、左光斗之事,详见《孙征君传》及注。　⑯ 门墙:教授学生的师长之门。　⑰ 度(duó):估计,推测。　⑱ 孺悲:鲁国人,孔子曾拒绝见他。事见《论语·阳货》。夷之:墨子的信徒,要求见孟子而遭

到拒绝。事见《孟子·滕文公上》。 ⑲虚言:概括,不具体地说,即用虚笔写。 ⑳"昔欧阳公"二句:欧阳修作《尹师鲁墓志铭》,有人批评说详略失当,于是欧阳修作《论尹师鲁墓志》予以辩论。 ㉑"而退之"二句:韩愈作《李元宾墓志铭》,全文仅一百五十余字。 ㉒蕴蓄:蕴藏积聚,这里指人的气度,精神品格。意:指作品的表面意思,言:指作品的语言形式。中国古代文论强调作品的"义蕴"寄于"意外",寄于"言"外,即要有言外之意,意外之意。 ㉓家乘(shèng):家史、家谱。乘:春秋时晋国史书名,后世也通称记载史实的书为"乘"。 ㉔的然:明白的样子。昭晰:明白,这里指能明辨是非。

翻译

以前归有光曾经遗憾自己足迹没有出过乡里,所见所闻的人物中没有杰出节操、伟大行为可记述。我承蒙您嘱咐为征君作传,这是我的文章仰仗所记人物来增加分量的机缘,我岂敢不竭尽自己的心力!

您给我看的那些别人给孙征君写的论述,都没有抓住最重要的东西。他们所写的,大致不超过三个方面:有的详细记述他平生讲学所宣扬的宗旨以及师友相承渊源关系;有的逐条列举他一生仗义行侠的事迹;有的极力称颂他弟子众多,国内向往仰慕他的人很多。这三个方面,都是征君细微的事迹。这三个方面写得详细,征君一生立志的大事反而被淹没了。

古代明了作文规律的人，人物传记中所记载的事迹，一定与所记之人的行为规范、事业格局相称。司马迁为陆贾作传，将陆贾给五个儿子分配奴婢、财产等琐细的事情都写上去了。如果《萧相国世家》《曹相国世家》中也逐条例举二人的政绩，那么文字增加十倍，也不可能全都写下来。所以司马迁在《留侯世家》中标示了写作的道理："留侯生平经常和高祖谈论的天下之事很多，但不是关系到天下存亡的事，所以不记载。"这就明确地告诉了后世写作文章的人如何处理虚实详略的标准。宋、元各史书，就像街市店铺里的流水账簿，使得读者无法将一篇文章读完，就是因为不懂得这一原理。

征君仗义行侠，除了营救杨涟、左光斗之事，其他的都是乡村里对自己的行为要求高的人能够努力做到的。他的弟子众多，是因为他能够审度时世，正确评估自己，不敢像孔子、孟子那样拒绝孺悲、夷之，是不得已的。至于他研究学问，他自己所写的书已说得很具体。所以这些我都没有采取来写入传中，只是用虚笔写了一个大略情况。从前欧阳修作《尹师鲁墓志》，以至专门写文章为自己辩白。韩愈为李元宾作墓志铭，至今还有人对他写得过于简略表示疑惑。李元宾年纪不到三十，德行还没有修成，功业也不显著，而铭词中已说到"才高于当世，而品行超过古人"。那么除此之外还有什么可说的呢？我的这篇传公开后，一定会有人嫌我写得太简略，不知道以往各家的记述，只求验证事实，所以事迹写得越详细，而义蕴反而更狭小。我现在把要详写的事迹写得简略,具体的事迹写得概括,而征君的真正精神品格反而能够在文字之外表现出来,以后载入家谱,交送史官,千万不要用别人写的替换我这篇。我想您明辨是非,不被一般人的言论所迷惑,这是征君所依赖的,对我的文章并没有什么损害。如果还有别的什么要商量讨论的,就请明确告诉我。

南山集序

　　这是方苞为桐城派古文奠基人戴名世的文集《南山集》所作的序文。文中表示了作者对戴名世为人为文的赞赏，表明他们的知己交情。《南山集》由戴名世的门人尤云鹗刊行于康熙四十一年（1702），共十六卷。这篇序文便刊于卷首。九年后，左都御使赵申乔认为《南山集》"语多狂悖"，抒发明亡遗恨，对清王朝不满，参奏戴名世入狱。方苞也因序文牵连被捕，影响了他后半生的遭际。可能由于序文触犯文字狱，因而后来编《方苞集》未予收入，并且流传一些推托之辞。例如方苞友人李塨在《甲午如京记事》中说，方苞曾告诉他："田有文不谨，余责之，后背余梓《南山集》。余序亦渠作。"（见《怒谷后集》）又如苏淳元《方望溪先生年谱》也说："其序文实非先生作也。"事实上，方苞与戴名世交好，过从甚密，而且当时方苞已著文名，所以请他为《南山集》作序，是情理中事。《南山集》刻板就放在他家里。方苞自己多次提到因《南山集》牵连入狱一事，虽不无冤枉之恨，却从未否认序言的写作。从文笔看，此序也当出于其手。因此学者一般都认为此序为方苞所作，不疑其伪。本序是了解方苞的生平、思想及文风的一篇重要文章。

壬午之冬①，吾友褐夫卜宅于桐城之南山而归隐焉②，从游之士刻其所为古文适成，因名曰《南山集》。其文多未归时所作③，而以兹所居名焉，著其志也。

余自有知识，所见闻当世之士，学成而并于古人者④，无有也；其才之可拔以进于古者⑤，仅得数人，而莫先于褐夫。始相见京师，语余曰："吾非役役于是而求有得于时也⑥。吾胸中有书数百卷，其出也，自忖将有异于人，非屏居深山⑦，足衣食，使身一无所累，而一其志于斯，未能诱而出之也。"其后各奔走四方，历岁逾时相见，必以是为忧，余亦代为忧。而自辛未迄今十余年⑧，而莫遂其所求⑨。

吾闻古之著书者，必以穷愁⑩。然其所谓穷愁者，或肥遁不出仕宦⑪。而中秩名尊身泰⑫，一无所累其心，故得从容著书以自适也。自科举之法行，年二十而不得与于诸生之列⑬，则里正得而役之⑭，乡里之吏，鞭笞行焉。又非贵游素封之家⑮，则所以养父母畜妻子者，常取足于佣书授经⑯。 窘若拘囚，终身而不息，尚何暇学古人之学而冀其成耶？ 故士穷愁则必不能著书。 其事若与古异，而以理推之，则固然而无足怪也。

褐夫少以时文发名于远近，凡所作，贾人随购而刊之⑰，故天下皆称褐夫之时文，而不知此非褐夫之文也。 其载笔墨以游四方，喜述旧闻，记山水之胜，而以传序说请者，亦时应焉。 故世复称其古文。 是集所载是也，而亦非褐夫之文也。 褐夫之文，盖至今藏其胸中而未得一出焉。 夫立言者，不朽之末也⑱，而其道尤难。 书传所记立功名、守节义与夫成忠孝而死者，代数十百人，而卓然自名一家之言，自周秦以来，可指数也⑲。 岂非其事独希，故造物者或靳其才⑳，或艰其遇㉑，而使皆不得以有成耶？

褐夫之年长矣，其胸中之书，继自今而不出，则时不赡矣㉒。 必待身之无所累而为之，则果有其时耶？ 故余序是集而为褐夫忧者倍切焉。 因发其所以，使览者知褐夫之志，而褐夫亦时自警而亟成其所志也㉓。 同里方苞撰。

① 壬午:康熙四十一年(1702)。 ② 褐夫:戴名世,字田有,一字褐夫,号南山。卜宅:选择地方修建住宅。卜:占卜。古时候修建住宅,要通过占卜决定地基。 ③ "其文"句:《南山集》中所收集的文章多为戴名世回到家乡桐城之前于四方游学教书时所作。 ④ 并:齐,相等。 ⑤ 拔:提高。 ⑥ 役役:形容劳苦奔忙。是:指考进士博取功名。 ⑦ 屏(bǐng)居:退居,隐居。 ⑧ 辛未:康熙三十年(1691)。这一年方苞进京赶考并游学,受到文渊阁大学士李光地的赏识。时戴名世也在京师,且有文名,方、戴结交大约就在这一年。 ⑨ 遂:实现。 ⑩ 穷:窘困。愁:忧愁。 ⑪ 肥遁:也作"飞遁"。隐退的代称。典出《易·遁》。 ⑫ 中秩:得官。 ⑬ 与:加入。诸生:明、清两代称已入学的生员。 ⑭ 里正:古代乡村长官。唐代百户为一里,设里正一人。明代始改为一百一十户为一里,里正改称里长。 ⑮ 贵游:无官职的贵族,也泛指显贵有权势的人。素封:无官爵封邑而富有的人。 ⑯ 佣书:受人雇用做抄写等事情。授经:指到私塾教书。 ⑰ 贾(gǔ)人:商人,这里指书商。 ⑱ "夫立言者"二句:古人认为人生有三大不朽之事:最上立德,其次立功,再次立言。这句话是说立言居于"三不朽"之末。 ⑲ 指数:屈指可数,意谓寥寥无几。 ⑳ 靳(jìn):吝惜,引申为限制。 ㉑ 艰其遇:使其遭遇艰难。"艰"是使动用法。 ㉒ 时不赡:指年岁不多。《南山集》刊行时,戴名世已四十九,所以这里说时间不多了。赡:充裕。 ㉓ 亟(jí):急迫,快。

翻译

壬午年冬季,我的朋友褐夫在桐城的南山择地建房并归隐于此,他的门人刊印他的古文正好完成,于是命名为《南山集》。这些文章大多是他回到家乡桐城之前所写的,却用现在这个居地命名,是要表明他归隐的志愿。

我自从有知识以来,在见到听到的当今学者中,学有所成而能跟古人并列的还没有;他们的才学能够达到古人的成就的,仅有几个人,但没有哪一个能够超过褐夫,当初我们在京师相见,褐夫曾对我说:"我并不是为科举劳苦奔忙以希求在这个时代得到什么。我胸中装有数百卷书,将它们写出来,自认为将会不同于一般的人,但是不隐居深山,衣食丰足,使自己完全没有牵累,而一心一意做这件事,则不能将它们诱发出来。"后来我们各自奔走四方,每年不能定时见面,褐夫必定为这事发愁,我也替他发愁。从辛未到现在十多年,褐夫一直没有能实现他的追求。

我听说古代著书的人,一定是因为生活窘困,心怀忧愁,但他们的所谓窘困忧愁,有的只是隐退不出任官职,而得了官却名位尊贵,身世安泰,心中完全没有什么牵累,所以能从容不迫地著书以适合自己的心意。自从实行科举制度,到了二十岁还不能加入诸生的行列,那么里正就可以役使他,乡里的官吏也可以对他随意鞭打虐待。又不是显贵或者豪富的家庭,那么赡养父母、养活妻子儿女的生活来源,便经常靠给人家抄抄写写或到家塾教书取得的报酬。窘困得像囚犯一样,一辈子都不能歇息,哪里还有空闲来学习古人的学说并希望学有所成呢?所以读书人如果生活窘迫,心中忧郁,就势必不能著书立说。这事说起来好像和古代不一致,但按道理推论,则本来就是这样,没什么值得奇怪的。

褐夫年轻时因写作时文而远近闻名,凡是他写的文章,书商紧接着就买去刊印,所以天下人都称赞褐夫的时文,却不知道这并不是褐夫的真正文章。他带着笔墨游历四方,喜欢叙述历史传闻,题记山水名胜,而别人说情请他写传作序,也时常答应,所以世人又称颂他的古文。这个集子中所载录的就是这类文章,但也不是褐夫真正的文章。褐夫真正的文章大概至今还藏在他的胸中没有机会全写出来。立言,虽然是三种不朽事业中最末一项,却是最难做到的。史书传记中所记载的建立功名,坚守节操道义和那些成就忠孝而死的人,每个朝代都有几十上百人,但成就卓著、自成一家之言者,从周秦以来,却是屈指可数的。难道不正是因为唯独这项事业成功的人少,所以上天或限制某些人的才智,或使某些人遭遇艰难,从而使得他们都不能有所成就吗?

褐夫的年岁渐老了,他胸中的书还未开始写出来,往后的时间将会不充裕了。一定要等到自身完全没有什么牵累了再写,那么果真会有这种时候吗?所以我为这部文集作序而替褐夫担忧的心情加倍急迫。借此我阐发其中的原因,以使读者知道褐夫的志业,而褐夫也当时时警策自己,以尽快成就自己的志业。同乡方苞撰。

学案序

这篇为《学案》一书撰写的序文,鲜明阐述作者对宋、明理学的立场和观点,推崇程朱理学,贬斥王阳明学说。程朱理学强调理与气的关系,认为理在气先而"天下未有无理之气,亦未有无气之理"。特别是把"天理"与"人欲"相对立,要求人们放弃"私欲",服从"天理"。方苞非常信奉这种学说,所以他一向强调做学问、写文章必须先加强自身修养。这种哲学思想体现到方苞的文学创作中,便是善于借题发挥,以近取譬,从自然界的道理谈到做人的道理。

昔先王以道明民①,范其耳目百体②,以养所受之中③,故精之可至于命④,而粗亦不失为寡过,又使人渐而致之,积久而通焉,故入德也易而造道深⑤。程、朱之学所祖述者⑥,盖此也。自阳明王氏出⑦,天下聪明秀杰之士⑧,无虑皆弃程、朱之说而从之⑨。盖苦其内之严且密⑩,而乐王氏之疏也;苦其外之拘且详,而乐王氏之简也。

凡世所称奇节伟行非常之功,皆可勉强奋

发⑪,一旦而成之。 若夫自事其心⑫,自有生之日以至于死,无一息不依乎天理而无或少便其私,非圣者不能也。 而程、朱必以是为宗,由是耳目百体一式于仪则⑬,而无须臾之纵焉。 岂好为苟难哉⑭? 不如此,终不足以践吾之形而复其性也⑮。 自功利辞章之习成⑯,学者之身心荡然而无所守也久矣⑰,而骤欲从事于此,则其心转若臬兀而不安⑱,其耳目百体转若崎岖而无措⑲,而或招之曰:"由吾之说,涂之人可一旦而有悟焉⑳,任其所为,而与道大适,恶用是戈戈者哉㉑?"则其决而趋之也,不待顷矣㉒。 然由其道,醇者可以蹈道之大体㉓,而不能尽其精微,而驳者遂至于猖狂而无忌惮㉔。 此朱子与象山辨难时㉕,即深用为忧,而豫料其末流之至于斯极也㉖。

金沙王无量辑《学案》㉗,以《白鹿洞规》为宗㉘,而溯源于洙、泗㉙,下逮饶仲元、真西山所定之条目㉚,以及高、顾东林之会约㉛。 盖无量生明之季世,王氏之飙流方盛㉜,故发愤而为此也。 此所谓信道笃而自待厚者与㉝! 惜乎其学不显于时,无或能从之而果有立也。 今其孙澍将表而出之,学者果由是而之焉,则知吾之心必依于理而后实,耳目百体必式于仪则而后安,而驯而致之,亦非强人以所难。既志于学,胡复乐其疏且简,以为自欺之术哉?

----

① 道:一定的政治主张或思想体系。明民:使老百姓明白道理,即教化百姓。明为使动用法。　② 范其耳目百体:使人的视听言行都合乎规范。范:规范。这里也是使动用法。百体:身体的各个部分。　③ 养:养育,培养。中:指中庸之道。《礼记·中庸》载孔子语:"君子中庸,小人反中庸。"郑玄注:"庸,常也,用中为常道。"理学家往往用"中"概指中庸之道。　④ 命:方苞文中经常提到"命",大体本《礼记·中庸》"天命之谓性",指人的本性与天意相符合的天命。　⑤ 造:达到。　⑥ 程、朱:程指程颢和程颐两兄弟。程颢字伯淳,世称明道先生,洛阳人。和弟弟颐同为北宋理学的奠基人,世称"二程"。认为"天者理也","只心便是天,尽之便知性"。程颐字正叔,学者称伊川先生。一生讲学达三十余年,其学以"尽理"为主,认为"格物之理,不若察之于身,其得尤切",从而提出"去人欲,存天理"的口号。朱:朱熹,字元晦,一字仲晦,号晦庵,别称紫阳。徽州婺源(今属江西)人。南宋著名哲学家、教育家。他继承了二程的学说,成为理学之集大成者,世称程朱学派。他强调"天理"和"人欲"的对立,要求人们修身养性,弃"私欲"而存"天理"。祖述:效法,遵循前人的行为或学说。　⑦ 阳明王氏:王守仁,字伯安,余姚(今属浙江)人,明代哲学家、教育家。因曾筑室故乡阳明洞中,故世称阳明先生。他继承了南宋陆九渊的哲学思想,以对抗程朱学派。认为

理存于心,心外不再有理、有事、有物。认为"良知"是人生来就有的,学习只是为了进一步培养它。提出"知行合一""知行并进"之说,以反对程朱学派的"知先行后"的观点。 ⑧聪明:耳朵灵为聪,眼睛亮为明。这里指有见识。秀杰:才能杰出。 ⑨无虑:意为大抵。 ⑩内:指内心修养,下文的"外"指人的行动、实践。 ⑪勉强:努力去做。 ⑫自事其心:加强自身本心的修养。事:治理。 ⑬一式于仪则:全部按照一定的法规准则去做。一:全部。式:按照一定的法式去做。仪:法规,准则,这里与"则"同义。 ⑭苟难:不应艰难而偏求艰难,故意自求艰难。苟:假。难:艰难,这里指艰深。 ⑮践:履行。这里是使动用法,"践吾之形"即使自己遵循道而身体力行。 ⑯功利辞章:指做八股文应科举以求功名利禄。 ⑰荡然:空荡荡的样子。 ⑱臬兀(niè wù):困顿,不安定的样子。 ⑲崎岖:本指地面高低不平,这里比喻处事艰难。无措:不知所措,不知怎么办才好。 ⑳涂:通"途"。 ㉑恶:哪里。戋戋:众多繁杂。 ㉒不待顷:一会儿也不用等,形容很快。顷:顷刻,一会儿。 ㉓醇者:指学得好的人。 ㉔驳者:指学得不好的人。驳:驳杂。 ㉕象山:陆九渊,字子静,抚州金溪(今属江西)人,曾筑茅屋于象山(在今江西贵溪西南)讲学,人称象山先生。是南宋著名哲学家、教育家。提出"心即理"说,断言天理、人理、物理只在吾心之中,心是唯一的实在。认为只要悟得本心,不必多读书。哲学主张与朱熹格格不入,两派长期辩论。 ㉖豫料:同预料。 ㉗金沙:地名。今传书目说本文所序之《学案》为王澍所辑。王澍为金坛(今属江苏省)人,此金沙当在金坛市内。王无量:王澍的祖父。据本文则《学案》为王无量所辑。 ㉘《白鹿洞规》:白鹿洞在今江西庐山五老峰下。五代南唐升元年间在此建学馆,北宋时在此建白鹿洞书院,为当时四大书院之一,后废。南宋朱熹为南康军守,在此重建书院讲学,并亲手制订了《白鹿洞书院教规》和《白鹿洞书院揭示》,《白鹿洞规》即指此。 ㉙溯源:追溯起源。洙泗:洙水和泗水,在今山东曲阜北。孔子曾居于洙、泗之间,教授弟子,这里指孔子及其学说。㉚逮:及,到。饶仲元:饶鲁,字伯舆,一字仲元,号双峰。宋余干(今江西余干)人。科举不得意,遂专意儒学,作"朋来"馆聚徒讲学,以致知力行为本。真西山:真德秀,字景元,宋浦城(今福建浦城)人。庆元进士,官至翰林学士,拜参知政事。学以朱熹为宗,人称西山先生。 ㉛高:高攀龙,字存之,又字云从。明无锡人。进士出身,官至左都御史。因揭露魏忠贤党人的罪恶而被革职,后又被迫害自杀。死前与同乡顾宪成在无锡东林书院讲学,同为东林党领袖,世称高顾。顾:顾宪成,字叔时,明无锡人。进士出身,官至吏部文选司郎中。人称泾阳先生。东林:即东林党。高攀龙、顾宪成在东林书院讲学,评议朝政,揭露专权的宦官魏忠贤及其党人的罪恶,被魏党目为东林党。 ㉜飙(biāo)流:狂飙潮流,比喻影响势力。㉝"此所谓"句:《论语·子张》载子张语:"执德不弘,信道不笃,焉能为有,焉能为无。"是说德行不大,信道不坚,其人无足轻重。这里发挥其语。

翻译

从前先王用道来教化百姓,使他们的耳目及身体所有行动都符合道的规范,以培养他们所接受的中庸之道,因此能精通道的人可以达到知天命,粗通的人也不失为可以少犯错误。又使人逐渐地达到这一目的,时间一长也就通了,所以从道德入手比较容易,而达到明道也比较深入。程朱的学说所遵循阐发的,大概就是这个理论。自从王阳明崛起,天下那些聪明杰出的文士,大都抛弃程朱的学说而追随王阳明。大概是苦于程朱学说对人的内在修养要求太严太细,而喜欢王氏学说的疏放;苦于程朱学说对人的外在行动的约束太紧太多,而喜欢王氏学说的简略。

凡是世间称道的杰出的节操、伟大的行为、不同凡响的功业,都可以努力奋发图强,到一定的日期取得成功。至于修养自己的本心,从出生之日,一直到死,无时无刻不遵循天理而一点也不迁就自己的私欲,不是圣人是做不到的。而程朱必须以这为本旨,并遵照这一宗旨使自己的耳目身体所有行动全都合乎一定的礼仪规则,而没有稍微放纵自己的时候。这难道是喜欢自找苦吃吗?不这样,终究不能完全使我们的形体实践,而回归自己的本性。自从以文章科举求取功名利禄的习气形成,读书人的身心空荡荡的无所操守,已经很久了,而突然想按这个准则去做,那么人们的心里反而好像感到困惑而不安,他们耳目身体的行动反而好像走上崎岖的道路,不知所措了。这个时期如果有人引诱他们说:"按照我的学说,任何人都可以有朝一日有所觉悟,随便怎样做,都可以和道很相适应,何必用那种纷繁复杂的学说呀?"那么他们像河水决口似地趋向这种学说,一会儿也等不及了。可是按照他们这种学说,完全学得精粹的人可以遵循道的大体,但不能详尽道的精微;而学得驳杂的人就会落到放纵狂妄而无所顾忌的地步。这一点朱熹在和陆九渊辩论的时候,就为此深感担忧,并预料到那种学说的末流将会达到这种极端的地步。

金沙王无量辑录《学案》一书,以《白鹿洞规》为宗旨,而渊源追溯到孔子在洙泗间讲学的规矩,下及饶鲁、真德秀所定的条目,以及高攀龙、顾宪成在东林书院所立的约定。大概王无量生于明朝末年,王阳明学说的狂飙潮流正盛,所以发愤而编辑此书。这大概就是所谓信道诚笃而对自己的要求就很严了吧!可惜他的学说不显扬于时世,没有人能遵从而最后有所建树。现在他的孙子王澍将要把他的书整理刊行,读书人果真能按照它去做,就会知道我们的心性一定要依照理然后充实,耳目身体的行动必须遵循一定的礼仪规则然后才会心安,从而培养自己以达到明道,这也不是强人所难。既然立志于学问修身,为什么还要去贪图那种疏放与简略的东西,以为欺骗自己的方术呢?

狱中杂记

方苞于康熙五十年(1711)十一月因《南山集》案牵连入狱,五十二年二月出狱。虽然他在狱中深研《礼记》,著《礼记析疑》,没受多少虐待,但却亲眼目睹了狱中黑暗。本文便以狱中的亲见亲闻,揭露了当时执法机关的残酷和黑暗。文章不仅对狱吏敲诈、虐待犯人的行为表示了强烈愤慨,而且通过对狱中行贿、舞弊、冤屈无罪之人等现象的真实记录,严厉指控了整个司法机构的腐败,从而发出"其枉民也,亦甚矣哉"的感叹。文中所记之事真实具体,触目惊心。

康熙五十一年三月,余在刑部狱①,见死而由窦出者②,日四三人。有洪洞令杜君者③作而言曰④:"此疫作也⑤。今天时顺正,死者尚希⑥,往岁多至日十数人。"余叩所以⑦,杜君曰:"是疾易传染,遘者虽戚属⑧,不敢同卧起。而狱中为老监者四,监五室,禁卒居中央⑨,牖其前以通明⑩,屋极有窗以达气⑪,旁四室则无之,而系囚常二百余。每薄暮下管键⑫,

矢溺皆闭其中⑬，与饮食之气相薄⑭。又隆冬贫者席地而卧，春气动，鲜不疫矣⑮。狱中成法，质明启钥⑯，方夜中，生人与死者并踵顶而卧⑰，无可旋避，此所以染者众也。又可怪者，大盗、积贼、杀人重囚⑱，气杰旺⑲，染此者十不一二，或随有瘳⑳。其骈死㉑，皆轻系及牵连佐证法所不及者。"

余曰："京师有京兆狱㉒，有五城御史司坊㉓，何故刑部系囚之多至此？"杜君曰："迩年狱讼㉔，情稍重，京兆、五城即不敢专决；又九门提督所访缉纠诘㉕，皆归刑部，而十四司正副郎好事者㉖，及书吏、狱官、禁卒㉗，皆利系者之多㉘，少有连，必多方钩致㉙。苟入狱，不问罪之有无，必械手足㉚，置老监，俾困苦不可忍，然后导以取保，出居于外，量其家之所有以为剂㉛，而官与吏剖分焉。中家以上，皆竭资取保；其次，求脱械居监外板屋，费亦数十金；惟极贫无依，则械系不稍宽，为标准以警其余。或同系，情罪重者反出在外，而轻者、无罪者罹其毒㉜。积忧愤、寝食违节㉝，及病，又无医药，故往往至死。"

余伏见圣上好生之德㉞,同于往圣㉟,每质狱辞㊱,必于死中求其生,而无辜者乃至此!倘仁人君子为上昌言除死刑及发塞外重犯㊲,其轻系及牵连未结正者,别置一所以羁之,手足毋械,所全活可数计哉?或曰:狱旧有室五,名曰现监,讼而未结正者居之。倘举旧典,可小补也。杜君曰:"上推恩凡职官居板屋㊳。今贫者转系老监,而大盗有居板屋者,此中可细诘哉?不若别置一所,为拔本塞源之道也㊴。"余同系朱翁、余生及在狱同官僧某㊵,遘疫死,皆不应重罚。又某氏以不孝讼其子,左右邻械系入老监,号呼达旦。余感焉,以杜君言泛讯之,众言同,于是乎书。

凡死刑狱上㊶,行刑者先俟于门外㊷,使其党入索财物,名曰"斯罗"。富者就其戚属,贫则面语之。其极刑㊸,曰:"顺我,即先刺心,否则,四支解尽,心犹不死。"其绞缢,曰:"顺我,始缢即气绝。否则,三缢加别械,然后得死。"惟大辟无可要㊹,然犹质其首㊺。用此,富者赂数十百金,贫亦罄衣装㊻,绝无有者,则治之如所言。主缚者亦然,不如所欲,缚时即先折筋骨。每岁大决㊼，勾者十四三，留者十六七，皆缚至西市待命㊽。其伤于缚者，即幸留，病数月乃瘳，或竟成痼疾㊾。余尝就老胥而问焉㊿：“彼于刑者、缚者，非相仇也，期有得耳；果无有，终亦稍宽之，非仁术乎？”曰：“是立法以警其余，且惩后也。不如此，则人有幸心。”主梏扑者亦然(51)。余同逮以木讯者三人(52)，一人予三十金，骨微伤，病间月(53)；一人倍之，伤肤，兼旬愈；一人六倍，即夕行步如平常。或叩之曰：“罪人有无不均，既各有得，何必更以多寡为差？”曰：“无差，谁为多与者？”孟子曰：“术不可不慎(54)。”信夫！

部中老胥，家藏伪章(55)，文书下行直省(56)，多潜易之，增减要语，奉行者莫辨也；其上闻及移关诸部(57)，犹未敢然。功令(58)：大盗未杀人，及他犯同谋多人者，止主谋一二人立决，余经秋审，皆减等发配。狱辞上，中有立决者，行刑人先俟于门外。命下，遂缚以出，不羁晷刻(59)。有某姓兄弟，以把持公仓，法应立决。狱具矣，胥某谓曰：“予我千金，吾生若。”叩其术，曰：“是无难，别具本章(60)，狱辞无易，取案末独身无亲戚者二人易汝名(61)，俟封奏时潜易之而已。”其同事者曰：“是可欺死者，而不能欺主谳者(62)，倘复请之，吾辈无生理矣。”胥某笑曰：“复请之，吾辈无生理，而主谳者亦各罢去。彼不能以二人之命易其官，则吾辈终无死道也。”竟行之，案末二人立决。主者口呿舌挢(63)，终不敢诘。余在狱，犹见某姓，狱中人群指曰：“是以某某易其首者。”胥某一夕暴卒，众皆以为冥谪云(64)。

凡杀人，狱辞无谋故者(65)，经秋审入矜疑(66)，即免死。吏因以巧法(67)。有郭四者，凡四杀人，复以矜疑减等，随遇赦。将出，日与其徒置酒，酣歌达曙。或叩以往事，一一详述之，意色扬扬，若自矜诩(68)。噫！渫恶吏忍于鬻狱(69)，无责也；而道之不明，良吏亦多以脱人于死为功，而不求其情，其枉民也(70)，亦甚矣哉！

奸民久于狱，与胥卒表里(71)，颇有奇羡(72)。山阴李姓(73)，以杀人系狱，每岁致数百金。康熙四十八年，以赦出，居数月，漠然无所事(74)。其乡人有杀人者，因代承之，盖以律非故杀，必久系，终无死法也。五十一年，复援赦减等谪戍(75)。叹曰："吾不得复入此矣！"故例，谪戍者移顺天府羁候㊌。时方冬停遣，李具状求在狱㊍，候春发遣，至再三，不得所请，怅然而出㊎。

---

① 刑部：掌握国家法律、刑狱的最高部门。　② 窦(dòu)：洞穴，这里指监狱墙上另开的小门。　③ 洪洞：县名，在今山西省。令：县令，一县的行政长官。　④ 作：站起来。　⑤ 作：兴起，发生。　⑥ 希：同"稀"。　⑦ 叩：求教，请问。　⑧ 遘(gòu)者：指遇上这种病的人。遘：遇上。　⑨ 禁卒：看守囚犯的差役。　⑩ 牖(yǒu)：窗户。这里用作动词，意为开窗户。　⑪ 屋极：屋顶。窗：天窗。　⑫ 薄暮：傍晚，太阳快落山的时候。下管键：上锁。　⑬ 矢溺：屎尿。矢，同"屎"。　⑭ 相薄：互相接触，即混杂在一起。　⑮ 鲜(xiǎn)：少。　⑯ 质明：正明，天大亮。　⑰ 踵(zhǒng)：脚后跟。顶：头顶。　⑱ 积贼：多次犯案的贼。　⑲ 气杰旺：指身体素质好。杰旺：异常旺盛。　⑳ 瘳(chōu)：病愈。　㉑ 骈：并列。　㉒ 京兆狱：指顺天府的监狱。顺天府，明永乐初建置，清因之，是明清两代的首都所在地，治所在大兴、宛平(今北京市)。京兆：古代称京城及其附近地区为京兆。此指顺天府。　㉓ 五城御史司坊：指五城御史衙门拘禁犯人的地方。五城御史：清代北京城内分为东、西、南、北、中五个街区，各设巡查御史负责治安，称五城御史。　㉔ 迩(ěr)：近。　㉕ 九门提督：提督九门步军巡捕五营统领的别称，是掌管京城正阳、崇文、宣武、安定、德胜、东直、西直、朝阳、阜成九门内外守卫的武官，以亲信满族大臣兼任。纠：检举。诘：审问。　㉖ 十四司

正副郎：清初刑部设十四司，各司长官称郎中，由满人充任；副长官为员外郎，由汉人充任。　㉗ 书吏：清代各官署的办事人员统称书吏。　㉘ 利：利益，好处。此处为名词的意动用法，即"以……为利"。　㉙ 钩致：如用钩子取物一样把东西弄到手。这里指查捉犯人。　㉚ 械：镣铐一类的刑具。这里用作动词，意思是戴上刑具。　㉛ 剂：药剂，这里借喻保金。　㉜ 罹(lí)：遭受。　㉝ 违节：反常，指不按时进食、睡觉。　㉞ 伏：表敬副词，用于下对上，特别是对君主。好生之德：爱护生灵的恩德。　㉟ 往圣：以往的圣明君主。　㊱ 质：询问。这里是勘察、审核的意思。　㊲ 昌言：直言而无所忌讳。　㊳ 推恩：推爱，将己之所爱推及他人。这里是施行恩德的意思。　㊴ 拔本塞源：拔去根本，堵塞源头，即从根本上解决问题。　㊵ 朱翁：不可考。翁：老头。余生：余谌，字石民，戴名世的学生，因《南山集》案和方苞等人一同被牵连入狱，死于狱中，方苞为作《余石民哀辞》。同官：旧县名，今属陕西铜川市。僧某：和尚某人。　㊶ 狱上：指把案件情况上奏皇上。　㊷ 俟(sì)：等候，等待。　㊸ 极刑：指凌迟，是一种分裂肢体和切割全身的酷刑。　㊹ 大辟：砍头。要：要挟，敲诈。　㊺ 质其首：把人头当作抵押品，以敲诈钱财。质：抵押品。　㊻ 罄(qìng)：穷尽。　㊼ 大决：即秋审后执行的处决。秋审是明清两代复审各省死刑案件的一种制度，每年秋季举行。各省将判处死刑的案件分列"情实""缓决""可矜""可疑"四类上报刑部，经刑部会同大理寺等集中审核后，奏请皇帝裁决。凡在名单中打勾的，即立即处决。　㊽ 西市：清代京城内处决犯人的刑场，在今北京宣武门外菜市口一带。　㊾ 痼(gù)疾：久治不愈的伤病。　㊿ 胥：胥吏，旧时在官府中办理文书、跑腿的下级官吏。

狱中杂记

㉛ 主桚(gù)扑者:负责给犯人上刑具、鞭打犯人的人。桚:拘住罪人两手的刑具。扑:指荆条、竹板子之类打人的刑具。 ㉜ 以木讯:通过竹木刑具拷打审讯。 ㉝ 闰月:一个多月。 ㉞ "术不可不慎":见《孟子·公孙丑上》。原意谓一个人的好坏跟他选择的职业有关,所以选择职业不能不慎重。这里是说虐待犯人的狱卒胥吏们选择了这种罪恶的职业,所以才这样狠毒,丝毫不讲仁道。 ㉟ 伪章:伪造的官印。 ㊱ 直省:各省都直属中央,故称直省。 ㊲ 移关:移牒和关文,都是平行机关往来的公文。诸部:清代中央政府除刑部外,还设有吏、户、礼、兵、工等部。 ㊳ 功令:政府法令。 ㊴ 羁:停留。晷(guǐ)刻:指时刻。晷,日晷,古代以日影计时的器具。刻,日晷上的刻度。 ㊵ 本章:上呈皇帝审批的奏章。 ㊶ 案末:指同案中罪轻而名字列在后面的从犯。 ㊷ 谳(yàn):审判定案。 ㊸ 主者:主谳者。口呿(qū)舌挢(jiǎo):张口结舌,形容惊讶或害怕的样子。呿:张口不能言。挢:举、翘起。 ㊹ 冥谪:阴曹地府的惩罚。冥:迷信者称人死后所居之处。 ㊺ 谋故:预谋,故意。 ㊻ 矜疑:指死犯中可矜、可疑两类。矜,怜悯。 ㊼ 巧法:指巧妙地玩弄法律。 ㊽ 矜诩(xǔ):夸耀。 ㊾ 渫(xiè)恶吏:贪官污吏。渫,污浊。鬻(yù)狱:贪赃卖法。 ㊿ 枉民:使老百姓遭受冤枉。 ○51 表里:内外。这里指内外勾结。 ○52 奇(jī)羡:赢余、赚取的钱财。 ○53 山阴:县名,在今浙江绍兴市。 ○54 漠然:清闲无事的样子。 ○55 援:援引,根据。谪戍:发配充军。 ○56 顺天府:府名,清代顺天府管京都及其周围地区。羁候:关押待命。 ○57 具状:写文呈报。 ○58 怅然:失意的样子。

翻译

　　康熙五十一年三月,我在刑部的监狱里,看到犯人死后从墙洞中拖出去的,每天有三四个。有个洪洞县令杜君,站起身说道:"这是瘟疫发作。如今天气节候正常,死的还少,往年多到每天十几人。"我问这是什么原因,杜君说:"这种病容易传染,患病的人,即使是他的亲戚家属,也不敢同他居住在一起。监狱中的老牢房有四座,每座有五间房子,看守的人住正中的一间,这间房子前面开了窗户透光,屋顶有天窗通气,其他的四间则没有,而关押的犯人却常常达到二百多个。每天傍晚锁门,屎尿都关在屋里,跟食物的气味混杂在一起,加上寒冬腊月贫穷的犯人就睡在地上,等到春天转暖和了,很少不生病的。按监狱的老规矩,大天亮才开门锁,所以夜里死了的人和活人并头并脚睡在一起,没办法回避,这就是病人多的原因。又值得奇怪的是,大盗、惯偷、多次犯案的贼、杀人要犯,却精神异常旺盛,染上这种病的十个里不过有一两个,间或被传染上了,也很快就好了。那些一个接一个死去的,都是些因罪轻被囚和牵连作证依法律不应判罪的人。"

　　我说:"京城有京兆府的监狱,有五城御史所管辖的监狱,为什么刑部监狱关押的囚犯竟多到这种地步?"杜君说:"近年来的案件,情节稍微严重的,京兆府、五城御史就不敢独自决断;再加上九门提督所查访缉捕和纠举审问出来的犯人,也都送到刑部审理,而刑部各司正副长官喜欢多事的,以及书吏、看守官和狱卒都因为管押的犯人多就得到好处,稍微有些牵连的,就一定要想方设法捉来。如果进了监狱,不管有罪没罪,一定都要戴上刑具,投入老牢房中,使他们痛苦得不能忍受,然后引导他们找保人,出狱住在外边,估量他们家中财产的多少出保金,而当官的一走,下吏们就把保金瓜分了。中等家产以上的人家都拿出所有家财作保;次一等的人家,要求取掉刑具住在监狱外边的木板屋里,也要花费几十两银子;只有那些非常贫困、无依无靠的人紧紧地戴着刑具,一点也不宽松,拿他们做样子来警告其他人。有些属于同一案件的,情节罪行严重的人反而住在外屋,而罪轻的、没罪的人却遭受那种迫害。因此,许多犯人满怀忧愤,睡觉吃饭又不能依时,等到病了,又没有医药,所以往往死去。"

我知道我们的皇上和历史上的圣明君主一样,喜好救人生命的大德,每次勘察判决案情,一定要在判了死刑的人中解救一些出来。然而没罪的人竟这样被折磨死在牢里。如果有讲仁德的君子向皇上直言进谏,除了判死刑和判发配到边远地区的重犯外,那些轻犯和受牵连没有定案的人,另外安放一个地方关押起来,不戴脚镣手铐,那么能保全活命的人该有多少啊!有人说:监狱中原有五间牢房,叫现监,凡立了案但还没有定案的都在那里面。如果按照从前的规定,也比现在这样要好些。杜君说:"皇上开恩,规定凡原是官员的罪犯,都住木板牢房。现在贫穷的人反而打入老牢房,而大盗却有住在木板牢房中的,这中间的原因能仔细追究吗?还不如另外安置一个地方,那才是从根本上解决问题的办法。"和我同案的朱老汉、余石民以及狱中的同官县和尚某人，染上瘟疫死去，他们都是不应该重罚的。又某人控告他的儿子不孝顺，左右邻居也被戴上刑具押进老牢，他们整夜哭天喊地，直到天明。对狱中这种现象我感到很伤心。拿杜君说的话遍问狱中人，大家说的都一样，于是就把这些事记下来了。

凡是判了死刑的案件报上去，执行刑法的人就先在门外等候，让他们的同伙到狱中勒索财物，这叫"斯罗"。对犯人家中有钱的，就告诉他们的亲人家属；贫穷的则当面告诉他。对判处极刑的犯人，他们就说："你若顺从我，就先刺心，不然，把你四肢全部砍掉，心还不死。"对判处绞刑的人，他们就说："你若顺从我，开始绞就让你断气，不然的话，绞你三次，还要用别的刑具击打，然后才能死去。"唯独对判处砍头的犯人没有办法要挟，但还要扣押死者的头来进行勒索。因此有钱的人家要拿出几十上百两银子来贿赂，没钱的人家也要为此卖尽衣服器物，那些确实拿不出钱财的，他们就按说的那样折磨。掌管捆绑囚犯的人也是这样，假如达不到他们的要求，在捆绑时就先折断犯人的筋骨。每年秋天处决犯人时，皇帝勾名处死的占十分之三四，留命的占十分之六七，但都要绑到刑场上等待命令。那些被绑伤的，虽然没处死留下一条命，也要病伤几个月才能好，有的甚至留下终身残疾。我曾向老狱吏询问："他们对于受刑的、受捆绑的人，并不是有冤有仇，只不过希望得到钱财罢了；如果犯人确实什么也没有，最后也该稍微宽容他们一点，这不就是行善了吗？"他说："这是立法规警告其他的人，而且也是为了惩戒后来的人。不这样的话，犯人就会有侥幸的心理。"专管戴刑具、打板子的人也是这样。和我一起被捕的人中，有三个是通过用夹棍、打板子来审讯的，其中一个人贿赂三十两银子，结果骨头受了轻伤，养了一个多月；一个贿赂加倍的银子，仅仅伤了皮肤，过了二十天就好了；另一个送了一百八十两银子，当天晚上就能和平常一样走路。有人问狱吏说："犯罪的人贫富不一样，既然从他们身上都得到了钱财，何必还要按出钱的多少分别对待呢？"回答说："没有分别，谁愿意多给钱呢？"孟子说："选择职业不可不慎重。"这话真对啊！

　　刑部里的老书吏，家中藏着伪造的公章，下发到各省去的文书，往往被他们偷偷地修改替换了，或者增加或者删减重要的语句，遵命执行的人也分辨不清真假。那些上奏给皇帝和送给各部的公文，还不敢这样做。政府的法令规定：大盗没有杀人，以及其他罪犯有同谋多人的，只把首要的一两个人立即处决，其余的经过秋季会审，都减罪发配。狱辞报上去，其中有应该立即处决的，执行刑法的人先等在门外。命令一下，就捆绑出去，一时一刻也不停留。有某姓兄弟二人，因为霸占公家的仓库，按法律应该立即处死。案子已经判决了，书吏某人对他们说："给我一千两银子，我让你活命。"问他有什么办法，他说："这没有什么难办的，另外准备一份奏章，判辞内容不变，只在同案犯中找两个排在末尾的单身无亲友的人替换你们的姓名，等待审判书加封上报时偷偷地换了它而已。"那老书吏的同事说："这样做只能欺骗被杀的人，却不能瞒过主审的官员。倘若他们发现有讹再上奏请示,我们就活不成了。"老吏笑着说:"如果主审官再上奏请示,我们固然活不成,但主审官也都会因此被撤职的。他们决不会因为两个人的性命而丢掉自己的官职,那么我们也就终究死不了。"他们竟然这样做了,同案末列的两个罪犯立即被处死。主审官知道后惊得张口结舌,始终不敢追问。我在狱中还见到过某姓兄弟二人,狱中人都指着他们对我说:"这就是用某某的头换下他们的头的。"那个老吏有一天突然死了,人们都说这是阴曹地府对他的惩罚。

凡是杀人案,在判决书中没有写上预谋杀人和故意杀人的罪名的,秋季大审时便归入"可矜""可疑"一类,于是就可以减罪免死。官吏就借这个空子玩弄法令。有个叫郭四的,先后四次杀人,仍然以"可矜""可疑"减罪免死,随后遇上大赦。将要出狱的时候,他每天跟同伙喝酒唱歌,通宵达旦。有人问他过去杀人的事,他一件一件地详细讲述,眉飞色舞,好像是向人炫耀自己。唉!贪官污吏忍心贪赃卖法,都不值得责备,可叹的是,道理不清楚,好官吏也多认为只要使人免去一死就是功德,却不去勘察实际情况。这样使百姓遭受冤屈,也太厉害了啊!

奸诈的人长久住在监狱里,与狱吏看守内外勾结,很赚了些钱。山阴县一个姓李的,因为杀人被关押在监狱里,每年能捞到几百两银子。康熙四十八年,遇大赦出狱,在家住了几个月,反而觉得清闲无事可做。他们乡里有人杀了人,他就代替那个人承担了罪名。因为按照法律,不是故意杀人,必定长期囚禁,终究是不

狱中杂记

会处死的。康熙五十一年,又因遇赦减罪发配远地充军。他叹息道:"我不能再到这里来了。"按照惯例,充军的要转到顺天府拘禁等候。当时正好是冬季停止遣送,姓李的便呈文请求留在刑部监狱里,等到春天再遣送。一连请求了好几次,都没有被批准,他才很失望地走出了监狱。

左忠毅公逸事

左光斗是明末著名的忠臣,字遗直,号浮丘,又号苍屿,桐城人。进士出身,官至左佥都御史。东林党成员。杨涟弹劾魏忠贤,他参与其事,又亲自上疏陈魏忠贤三十二斩罪,致被诬入狱,死于狱中。崇祯初年,魏党败,追谥"忠毅"。本文通过记叙他与史可法关系中的几件事,将其形象刻画得栩栩如生,神形兼备。文章开笔即交代了左、史的关系起源,并由此表现左光斗善识人才、胸怀救国大志的非凡之处。接下来写左在狱中不屈不挠,犹以国家大事为念,突出了左光斗不畏强暴的节操。末尾写史可法继承老师的遗志,精忠报国,既是对左的间接歌颂,又是对文章开头的照应。文章剪裁精当,结构谨严,语言简洁而又感人,是一篇脍炙人口的名篇。

先君子尝言①:乡先辈左忠毅公视学京畿②,一日,风雪严寒,从数骑出,微行入古寺③,庑下一生伏案卧④,文方成草。公阅毕,即解貂覆生⑤,为掩户。叩之寺僧,则史公可法也⑥。及试,吏呼名至史公,公瞿然注视⑦;呈卷,即面署

第一。召入，使拜夫人，曰："吾诸儿碌碌，他日继吾志事，惟此生耳。"

及左公下厂狱⑧，史朝夕狱门外，逆阉防伺甚严⑨，虽家仆不得近。久之，闻左公被炮烙⑩，旦夕且死，持五十金，涕泣谋于禁卒，卒感焉。一日，使史更敝衣，草屦背筐，手长镵⑪，为除不洁者，引入，微指左公处。则席地倚墙而坐，面额焦烂不可辨，左膝以下，筋骨尽脱矣。史前跪，抱公膝而呜咽。公辨其声，而目不可开，乃奋臂以指拨眦⑫，目光如炬，怒曰："庸奴！此何地也？而汝来前！国家之事糜烂至此，老夫已矣，汝复轻身而昧大义⑬，天下事谁可支拄者？不速去，无俟奸人构陷，吾今即扑杀汝！"因摸地上刑械，作投击势。史噤不敢发声⑭，趋而出。后常流涕述其事，以语人曰："吾师肺肝，皆铁石所铸造也！"

崇祯末⑮，流贼张献忠出没蕲、黄、潜、桐间⑯，史公以凤庐道奉檄守御⑰。每有警，辄数月不就寝，使将士更休，而自坐幄幕外，择健卒十人，令二人蹲踞而背倚之，漏鼓移⑱，则番代。每寒夜起立，振衣裳，甲上冰霜迸落，铿然有声。

或劝以少休，公曰："吾上恐负朝廷，下恐愧吾师也。"

史公治兵，往来桐城，必躬造左公第，候太公、太母起居⑲，拜夫人于堂上。

余宗老涂山⑳，左公甥也，与先君子善，谓狱中语乃亲得之于史公云。

---

① 先君子：对已故父亲的称呼。　② 视学京畿(jī)：在京城地区视察学务。左光斗于万历四十八年(1620)任畿辅学政。京畿：国都和国都附近的地区。　③ 微行：古代帝王或高官隐藏自己身份改穿百姓衣服出行。　④ 庑(wǔ)：正房对面和两侧的小屋。　⑤ 貂(diāo)：貂皮外衣。　⑥ 史公可法：史可法，字宪之，号道邻。明末河南祥符(今开封)人。进士出身。累官至右佥都御史，南京兵部尚书。后督师扬州，清军南下，诱降，不从，被俘，不屈被杀。　⑦ 瞿然：惊视的样子。　⑧ 厂狱：明代东厂监狱。明成祖朱棣为加强专制统治，于永乐十八年设东厂，用宦官主持，主要用来对大小官吏进行侦缉搜捕，其活动不受刑部约束。　⑨ 逆阉：指罪恶的宦官魏忠贤一伙。阉：指太监。　⑩ 炮烙(páo luò)：相传是殷代开始使用的一种酷刑，把铜柱烧热，烫人皮肉。后泛指烧烫犯人的毒刑。　⑪ 手长镵(chán)：手执铁铲。手：这里用作动词。镵：铁铲一类的工具。　⑫ 眥(zì)：眼眶。　⑬ 昧：愚昧，无知，不明白。　⑭ 噤(jīn)：闭口不言。　⑮ 崇祯：明思宗朱由检的年号(1628—1644)。

⑯ 流贼：对农民起义军的蔑称。张献忠：字秉吾，号敬轩，明末农民起义首领。曾转战陕、豫、鄂、皖各地，崇祯十七年（1644）在成都建立大西政权，即帝位。清兵南下，率兵抵抗，中箭身亡。蕲（qí）：今湖北蕲春。黄：黄州，今湖北黄冈市一带。潜：今安徽潜山。桐：今安徽桐城。　⑰ 凤：凤阳府，治所在今安徽凤阳。庐：庐州府，治所在今安徽合肥市。道：道员。道是明清时在省和府之间设置的监察区，设道员为一道之长。　⑱ 漏鼓：漏是古代滴水计时的仪器。鼓是古时用来报更的工具。故以"漏鼓"指时间。　⑲ 太公、太母：对左光斗父母的尊称。　⑳ 宗老：同族中辈分最高的在世者。涂山：方苞的族祖方文，号涂山。

翻译

我父亲生前曾说：同乡前辈左忠毅公在京城一带视察学务，有一天，刮风下雪，十分寒冷，左公带着几个随从骑马外出微服察访，走进一座古寺，厢房小屋里有一个书生伏在桌上睡着了，文章刚打好草稿。左公看完那篇文章，便脱下貂皮大衣盖在那个书生身上，又给他关上房门。问寺里的和尚，原来这人就是史公可法。等到临场考试，小吏点名喊到史公，左公吃惊地盯着他；考卷交上来，就当面批上第一名。邀他到家里，让他拜见夫人，并对夫人说："我们的孩子都碌碌无为，将来继承我的志向的，只有这个学生了。"

等到左公被关进东厂大牢，史公早晚都守候在监门外。罪恶的太监防范监视非常严密,即使左家的仆人也不能接近左公。过了好久,听说左公遭受了炮烙酷刑,很快就将死去,史公拿了五十两银子,哭泣着向看守请求,看守被感动了。一天,看守让史可法换上破烂衣服,穿上草鞋,背上竹筐,拿把长铁铲,装扮成打扫垃圾的,领他走进牢房,偷偷地指点左公的地方。只见左公靠着墙壁坐在地上,额头面部都被烫焦,溃烂得认不出来了,左膝盖以下,筋骨全露出来了。史公走上前跪下来,抱住左公的膝盖伤心地哭起来。左公听出了他的声音,可是眼睛睁不开,便用力举起胳膊用指头拨开眼眶,目光亮得像火炬,恼怒地说:"不中用的奴才!这是什么地方?你还到这里来!国家大事败坏到了这种地步,我是已经不行了,可你也不爱惜自己的生命,不明大义,天下的大事将靠谁来支撑?不赶快离开这里,不用等奸党捏造罪名来陷害你,我马上就砸死你!"于是摸到地上的刑具,做出要投掷打击的样子。史公闭着嘴不敢出声,快步退了出去。后来时常流着泪讲起这件事,告诉人家说:"我老师的心肠,都是钢铁铸造出来的。"

崇祯末年,流贼张献忠的队伍在蕲春、黄冈、潜山、桐城一带活动,史公作为凤阳、庐州道的长官奉军令负责防守。每当有了紧急情况,总是几个月不能安稳地睡觉,分派将士们轮流休息,而自己坐在营帐外面,挑选十名身强力壮的士兵,每次叫二人蹲着,自己背靠他们休息,过一更次,就轮番替代。每到寒冷的夜晚,一站起来,抖动衣裳,铠甲上的冰霜碎块迸落下来,叮当直响。有人劝他稍微休息一下，史公说："我对上怕辜负朝廷，对下怕对不起我的老师。"

史公指挥军事，往来于桐城，一定要亲自到左公的府上，向太公、太母请安，到堂上拜见左夫人。

我的族祖方涂山，是左公的外甥，跟我的父亲关系很好，他说左公在监狱中的那些事情是亲耳从史公那里听到的。

辕马说

这篇带有寓言性质的散文,文笔简练,含义深刻。通过说明辕马的责任和选择,寄托讽喻朝廷谨慎用人的寓意,认为只有"德与才"兼备的人才,才能委以重任,否则,"驽蹇者""狡愤者"必将败坏政事。文章也隐隐约约表示了对朝廷用人不慎的不满。方苞曾多次批评柳宗元的散文切及事理不够(见《答申谦居书》《答程夔州书》),但此文却颇似柳宗元的《杂说》一类短文的笔法。

余行塞上①,乘任载之车②,见马之负辕者而感焉。

古之车,独辀加衡而服两马③。今则一马夹辕而驾,领局于轭④,背承乎鞦⑤,靳前而鞁后⑥。其登阤也⑦,气尽喘汗,而后能引其轮之却也⑧;其下阤也,股蹙蹄攒⑨,而后能抗其辕之伏也。鞭策以劝其登⑩,棰棘以起其陷⑪,乘危而颠⑫,折筋绝骨,无所避之,而众马之前导而旁驱者不与焉⑬。其渴饮于溪,脱驾而就槽枥⑭,则常在众马之后。

噫！马之任，孰有艰于此者乎！然其德与力，非试之辕下不可辨。其或所服之不称⑮，则虽善御者不能调也⑯。驽蹇者力不能胜⑰，狡愤者易惧而变⑱，有行坦途惊蹶而偾其车者矣⑲。其登也若陂，其下也若崩⑳，泞旋淖陷㉑，常自顿于辕中㉒，而众马皆为所掣㉓。呜呼！将车者其慎哉！

---

① 塞上：古称长城以北为塞上。方苞因《南山集》案入狱，获释后，常随康熙皇帝去承德行宫，承德在古长城以北，故称塞上。 ② 任载：负载。任：担任，承担。 ③ 辀（zhōu）：汉以前的马车前面伸出的套马的车杠，也叫"轩辕"。衡：辀头上的横木。服：驾驭。 ④ 领：脖颈。轭（è）：驾车时套在牲口脖颈上的器具。 ⑤ 鞙（xiǎn）：两辕之间搭在马背上的皮带，以保持辕不向下趋。 ⑥ 靳（jìn）：勒在马胸部的皮带。靽（bàn）：套在马臀部的皮带。 ⑦ 阤（zhì）：山坡。 ⑧ 引：拉住，向前拉。却：后退。 ⑨ 股蹙（cù）蹄攒（zǎn）：大腿收紧，四蹄攒聚。形容马车下坡时紧张吃力的样子。股：大腿。蹙：收紧。攒：攒聚。 ⑩ 鞭策：马鞭子。用作动词，指用鞭子抽打。劝：勉励、催促的意思。 ⑪ 棰（chuí）：木棍子。棘：指荆棘条，"棰棘"在此用作动词，即用棰棘抽打。 ⑫ 乘危而颠：遇到危急而跌倒。乘：趁着，这里是遇上的意思。颠：跌倒。 ⑬ 不与（yù）焉：不加入其中。意谓其他的马不经受上面说的那些磨难和危险。与：加入，

参加。焉:于此,在其中。 ⑭枥:马房。 ⑮其或:如果,假使。称:相称,合适。 ⑯调:这里是训练、驾驭好的意思。 ⑰驽蹇(jiǎn):指劣马。蹇:跛足。 ⑱狡:狡猾,指不肯出力。愤:性烈不驯。变:发生变故。 ⑲蹶(jué):跌倒。偾(fèn):倒仆,这里指翻车。 ⑳崩:形容下坡时辕马的力量不能将车顶住,像山崩垮一样。 ㉑泞旋淖(nào)陷:遇到泥泞就徘徊不前,遇到泥沼就陷进去拉不出来。淖:泥沼,烂泥滩。 ㉒顿:委顿,因疲乏而停下来。 ㉓掣(chè):牵制。

翻译

　　我出行到塞上,乘坐载重的马车,看到担负着两辕的马,颇有感慨。

　　古代的车,只有一根车杠加上一根横木,并驾着两匹马。现在却是用一匹马夹在两辕之间来驾车,它的脖颈上套着车軶,背部担着承受两辕的皮带,胸前臀后也都勒着皮带。它爬坡时,用尽气力,喘息流汗,然后才能拉着下滑的车轮前进;它下坡时,大腿绷紧,四蹄收聚,然后才能承受住两辕向下的压力。用鞭子抽打催促它用力登坡,用荆条打着促使它把下陷的车拉上来,遇到险阻而跌倒,筋断骨折,也没办法逃避;而在前面和两旁拉车的马是不经受这样的折磨和危险的。它渴了到溪边喝水,卸下车到马槽里吃食或回马房里歇息,却又总是在其他的马的后面。

　　唉!马所承担的重任,哪里还有比这更艰难的呢!然而它的品德和能力，不到车辕下试一试是不可能辨别出来的。如果驾辕的马不能称职，那么即使最会驾车的人也无法驾好车。劣马的力气不能胜任，不愿卖力或性烈不驯的马则容易惊恐而发生变故，甚至有在平路上行车因惊恐而跌倒致使翻了车的。这种马爬坡时像腿瘸了似的，下坡时像山崩垮一样，遇到泥泞就徘徊不前，遇到烂泥滩就陷在里面出不来。往往自己委顿在辕中，致使其他的马都被它牵制。啊！驾车的人对选用驾辕的马应该慎重啊！

原过

　　原,议论文的一种体裁。以"原"字为题,表示对事物加以推究、论述。本文论说人为什么会犯过失以致犯大恶的问题。作者认为,圣人、君子、一般的人、小人犯过失的原因各有不同,性质也不同。他强调为人要达事理,克私欲,防微杜渐,以免大错。文章行文简洁,最后以穿衣用物作喻,道理说得浅显易晓,体现了方苞议论文不枝不蔓、突出义理的特色。

　　君子之过①,值人事之变而无以自解免者②,十之七;观理而不审者,十之三。 众人之过,无心而蹈之者,十之三;自知而不能胜其欲者,十之七。 故君子之过,诚所谓过也,盖仁义之过中者尔③。 众人之过,非所谓过也,其恶之小者尔。

　　上乎君子而为圣人者④,其得过也,必以人事之变,观理而不审者则鲜矣。 下乎众人而为小人者,皆不胜其欲而动于恶,其无心而蹈之者亦鲜矣。 众人之于大恶,常畏而不敢为,而小者,则不胜其欲而姑自恕焉。 圣贤视过之小,犹众人视恶之大也,故凛然而不敢犯⁵;小人视恶之大,犹众人视过之小也,故悍然而不能顾⁶。

服物之初御也⁷,常恐其污且毁也;既污且毁,则不复惜之矣。苟以细过自恕而轻蹈之,则不至于大恶不止。故断一树,杀一兽,不以其时,孔子以为非孝。微矣哉!亦危矣哉!

---

① 君子:对有德者的称呼,与"小人"相对。 ② 人事:人际的事情。 ③ "盖仁义"句:大概是行仁义超过了一定度量。中:适中,即中庸之道的"中"。尔:语气词。 ④ 上:高出。圣人:指道德智能极高的人。 ⑤ 凛然:畏惧的样子。 ⑥ 悍然:凶暴横蛮的样子。 ⑦ 御:使用。

翻译

君子的过失,因遇上人际事情的变化而无法使自己解脱避免的,占十分之七;因观察事理不明而造成的,占十分之三。一般人的过失,无心而犯的,占十分之三,明知不对却不能克制私欲而犯的,占十分之七。所以君子的过失,确实可以说是过失,大概是仁义超出了适中的标准。一般人的过失,不能说是过失,而是小的恶行罢了。

高出君子而为圣人的人,他们犯过失,必定是因为人际事情的变化,因观察事理不明而造成的很少。连一般人都赶不上的小人,都是因为不能克制自己的私欲而诱发丑恶本性,他们无意而犯恶行,也是很少的。一般人对于大的恶行,常常感到害怕而不敢去做;而小的坏事,则是不能克制自己的欲念而姑息宽恕自己造成的。圣贤对待小的过失,就像一般人对待大的恶行,所以感到很恐惧而不敢犯;小人对待大的恶行,就像一般人对待小的过失,所以心一横就什么也不顾了。

衣服物品刚使用的时候,常常担心把它弄脏了,用坏了;等到已经脏了,坏了,就不再去爱惜它了。如果宽恕自己犯小的过失而轻易去犯,那么不到自己犯下大的恶行不会停止。所以砍伐一棵树,杀死一头兽,如不按时令,孔子就认为不合孝道。可见微小的过失啊,也是很危险的啊!

通蔽

本文是作者提醒挚友谨防"心术之蔽"的一篇杂感。文章提出了为人做学问应取的态度,认为只有"闻誉则惧,闻毁则喜,闻同则疑,闻异则思",才能"与道大适"。文章语言简洁直率,说理深刻透彻,发人深省,值得一读。

誉乎己,则以为喜;毁乎己①,则以为怒者,心术之公患也②;同乎己,则以为是;异乎己,则以为非者,学术之公患也。君子则不然。誉乎己,则惧焉,惧无其实而掠美也③。毁乎己,则幸焉,幸吾得知而改之也。同乎己,则疑焉,疑有所蔽,而因是以自坚也④;异乎己,则思焉,去其所私以观异术⑤。然后与道大适也。盖称吾之善者,或谀佞之虚言也,非然,则彼未尝知吾之深也。吾行之所由,吾心之所安,吾自知之而已。若攻吾之恶,则不当者鲜矣,虽与吾有憎怨,吾无其十,或实有四三焉⑥。与吾言如响⑦,必中无定识者也,非然,则所见之偶同也。若辨吾之惑,则不当者鲜矣。理之至者,必合于人心之不言而

同然。好独而不厌乎人心⑧,则其为偏惑也审矣。

吾友刘君古塘⑨,行直而清,其为学常自信而不疑,心所不可,虽古人之说不苟为同也,而好人之同乎己。夫古人之说,不能强吾以苟同,而欲人之同乎己,非心术之蔽乎?知君者,犹以为自信之过也;不知者,将以为有争气也⑩。君与吾离群而索居久矣⑪,会有所闻⑫,书以质之⑬。

---

① 毁:诽谤,这里指非议。 ② 心术:这里指思想修养。 ③ 掠美:掠取别人的美名或成绩以为己有。这里指自己本没有值得别人称赞的地方却受到赞扬。 ④ 自坚:指坚持自己的观点。 ⑤ 私:自己的见解。异术:不同的观点和方法。 ⑥ 无其十:没有十分,即不完全是那样。或实有四三焉:或许实际上有十分之三四是那样。 ⑦ 响:回声。 ⑧ 好独:指喜欢固执地坚持自己的意见。厌:满意。 ⑨ 刘古塘:刘捷,字古塘,祖籍怀宁,后迁于桐城。和方苞交情深笃。方苞出狱后编入旗籍,刘捷护送方苞家小北上,以致错过了考进士的试期。见方苞《四君子传》。 ⑩ 争气:争强赌气。 ⑪ 离群而索居:离开朋友而孤独地生活。 ⑫ 会有所闻:是说恰巧听见了一些议论。会:恰巧。 ⑬ 质:询问。这里是讨论的意思。

翻译

听到别人称赞自己,就高兴;听到别人非议自己,就恼怒;这是思想修养的通病。赞同自己的观点,就认为是对的;不同于自己的观点,就认为是不对的;这是做学问的通病。君子则不是这样。听到别人称赞自己,就感到担心,担心自己名不符实却受到别人称赞;听到别人非议自己,就感到庆幸,庆幸自己得以知道不对而加以改正;听到别人赞同自己的观点,就有所疑惑,怀疑自己还有所不明却因为别人赞同而错误地坚持自己的观点;听到别人不同于自己的观点,便要思考一下,放弃自己的见解而参考不同的意见。这样才能使自己的观点与道大体相符。一般来说,称赞我的好处的,可能是阿谀谄媚的空话,不然就是他对自己还了解得不深入。因为我行为的原由,我心思的安宁,只是我自己知道罢了。如果指责我的坏处,则不恰当的很少了。即使是跟自己有怨恨的人,我没有他指责的十分坏处,或许实际有三四分。像我所说的话的回声一样,那人一定是心中没有确定的见解,不然就是他的见解偶然和我相同。如果别人辨析我感到疑惑的地方,则不恰当的是很少的。如果道理是最普遍正确的,一定符合人心不说也会同意的想法。喜欢固执己见而不使人心满意,那么他见解的偏颇迷惑,该就很明白了。

我的好友刘古塘,品行正直,心襟坦荡,做学问常常自信而不动摇,心里不赞同的,即使是古人的说法也不苟且赞同,却喜欢别人赞同自己的观点。古人的说法，不能强迫自己去苟且赞同，却希望别人赞同自己，这难道不是思想修养的不明吗？了解刘君的人还认为他是太自信了；不了解刘君的人，将会认为他是在争强赌气。刘君和我不跟朋友们在一起很长时间了，恰好我听见一些议论，写下来和他讨论。

逆旅小子

方苞主张，为官应该解除民众的疾苦，否则跟贪官污吏没什么两样。本文写一个客店小男孩的悲惨遭遇，不仅揭露社会现实的黑暗，表现作者对百姓的同情，同时对官吏不管百姓死活也表示了不满。文章最后提出管子之法，也似乎是说，官吏不能尽职，朝廷应加以督察。本文虽然简短，人物、事件、时间、地点、前因后果却都交代得清清楚楚，记叙中有议论，文笔十分洗练。

戊戌秋九月①，余归自塞上②，宿石槽③。逆旅小子形苦羸④，敝布单衣，不袜不履，而主人挞击之甚猛⑤，泣甚悲。叩之东西家⑥，曰："是其兄之孤也⑦。有田一区，畜产什器粗具，恐孺子长而与之分⑧，故不恤其寒饥而苦役之⑨。夜则闭之户外，严风起，弗活矣。"余至京师，再书告京兆尹⑩："宜檄县捕诘⑪，俾乡邻保任而后释之。"

逾岁四月，复过此，里人曰："孺子果以是冬死，而某亦暴死⑫，其妻子、田宅、畜物皆为他人有矣。"叩以"吏曾呵诘乎"，则未也。

昔先王以道明民，犹恐顽者不喻，故"以乡八刑纠万民"⑬，其不孝、不弟、不睦、不姻、不任、不恤者⑭，则刑随之，而五家相保，有罪奇邪则相及⑮，所以闭其涂⑯，使民无由动于邪恶也。管子之法，则自乡师以至什伍之长⑰，转相督察，而罪皆及于所司⑱。盖周公所虑者⑲，民俗之偷而已，至管子而又患吏情之遁焉⑳，此可以观世变矣。

---

① 戊戌：康熙五十七年（1718）。　② 塞上：见《辕马说》注。　③ 石槽：在顺义县（今属北京市）西北三十里，当时这里有清朝行官。　④ 羸（léi）：瘦弱。　⑤ 挞（tà）：用鞭子或棍棒打。　⑥ 叩：问。　⑦ 孤：父亲去世者为孤。　⑧ 孺子：此处指尚未成年的男孩。　⑨ 恤（xù）：体恤、怜悯。　⑩ 京兆：指京城地区。尹：地区行政长官。　⑪ 檄（xí）：古代官府用以征召、晓喻或声讨的文书。　⑫ 某：代称不知名的人，这里指旅店主人。　⑬ "以乡八刑纠万民"：见《周礼·地官·大司徒》。乡：周代以一万二千五百家为乡。八刑：对不孝、不弟（悌）、不睦、不姻、不任、不恤、造言、乱民等八种行为的处罚。这是周代用于地方治理的一种刑法。　⑭ 弟（tì）：同"悌"，顺从兄长。不姻：做媳妇而不和男方家族友好。任：朋友之间可信赖。不恤：见到别人有危难而不帮助。　⑮ 奇邪：歪门邪道，不合道德规范。　⑯ 涂：通"途"，途径。　⑰ 乡师：周代官名，掌管一乡的教化

逆旅小子

和治理。什伍：古代的户籍和军队的基层编制。户籍以五家为伍，互相担保，十家相连，叫什伍。　⑱所司：司法、执法的官吏。⑲周公：姬姓，名旦，周文王子，曾辅助武王灭纣，建立周王朝。相传周代的礼乐、典章制度都是周公制定的。　⑳遁：玩忽职守，不负责任。

翻译

戊戌年秋九月，我从塞上回京城，在石槽过夜。旅店的小男孩身体瘦弱可怜，穿着破布单衣，没有鞋袜穿，而店主人很凶狠地用鞭子抽打他，小孩儿哭得很凄惨。问左右邻居人家，说："这是店主人的哥哥留下的孤儿。他们有一小块田地，牲口农具、生活用具大体都具备，店主人怕这小孩儿长大了和他分家产，所以不管他受冷挨饿，只差遣他干苦活。夜里就把他关在门外，寒风一刮，就活不成了。"我到了京师，两次写信告诉京兆尹说："应该下文书叫县里将店主人捉拿审问，让乡邻担保他以后对小男孩好，然后再放他。"

第二年四月，我再次路过这里，乡里的人说："那小男孩果然在那一年冬天死去，店主人也突然死了，他的妻子儿女、田地房屋、牲口财物都归别人所有了。"我问他们："县里官吏曾经训斥审问过店主人吗？"他们告诉我一直没有。

从前先王用道义开导百姓，还担心愚顽的人不明白，所以用"乡八刑"来督察百姓守法，对那些不孝敬父母、不顺从兄长、家庭不和睦、姻亲不和善、对朋友不讲信用、见别人有危难不帮助的人,就按刑法给以处罚,五家相互担保,有犯奇怪邪恶罪行的,便五家都连及,以此来堵住百姓犯罪的途径,使百姓无从产生邪恶念头。管子的法制,则是从乡师以至什伍的负责人,互相监督,出现了犯罪的,都要追究司法官吏。大概周公所担心的,只是百姓习惯于苟且偷安,至于管子,又更担心官吏玩忽职守,从这点也可以看出世道的变化。

送刘函三序

这是一篇揭露时弊的文章,见解深刻,笔锋犀利。文中揭露世风颠倒黑白,"苟贱不廉、奸欺而病于物者"被许为中庸,而不这样做的人却遭到非议。它借刘函三弃官讲学之行,说出"吏不可一日以居",深刻讥刺当时官场的黑暗和腐败,显示作者凛然正气。

道之不明久矣,士欲言中庸之言①,行中庸之行,而不牵于俗②,亦难矣哉。苏子瞻曰③:"古之所谓中庸者,尽万物之理而不过;今之所谓中庸者,循循焉为众人之所为。"夫能为众人之所为,虽谓之中庸可也。自吾有知识,见世之苟贱不廉、奸欺而病于物者④,皆自谓中庸,世亦以中庸目之。其不然者,果自桎焉⑤,而众皆持中庸之论以议其后。

燕人刘君函三令池阳⑥,困长官诛求⑦,弃而授徒江淮间⑧,尝语余曰:"吾始不知吏之不可一日以居也。吾百有四十日而去官,食知甘而寝成寐,若昏夜涉江浮海而见其涯,若沉疴之霍然去吾体也⑨。"夫古之君子不以道徇人⑩,不使不仁加乎其身。刘君所行,岂非甚庸无奇之道哉⑪?而其乡人往往谓君迂怪不合于中庸,与亲暱者则太息深矉⑫,若哀其行之迷惑不可振救者。虽然,吾愿君之力行而不惑也。

无耳无目之人,贸贸然适于郁栖坑阱之中⑬,有耳目者当其前,援之不克⑭,而从以俱入焉,则其可骇诧也加甚矣。凡务为挠君之言者⑮,自以为智,天下之极愚也。奈何乎不畏古之圣人贤人,而畏今之愚人哉!刘君幸藏吾言于心,而勿以示乡之人,彼且以为诪张颇僻⑯,背于中庸之言也。

---

① 中庸:儒家的一种道德观念,强调处世做人要不偏不颇,谨守礼义。　② 牵:牵制,拘泥。　③ 苏子瞻:北宋文学家苏轼,字子瞻。　④ 病于物:被财物所困扰,指过于贪图财物而不能自拔。病:苦患,担忧。　⑤ 自桎(zhì):自己束缚自己,指坚守节操,真正实行中庸之道。桎:桎梏,脚镣手铐,这里用作动词。　⑥ 燕:河北省的别称。令:做县令。池阳:县名。清代名池州,宋代名池阳,这里用旧名。县治在今安徽贵池。　⑦ 困:苦于。诛求:敲诈勒索。　⑧ 江淮:因江苏、安徽地处长江、淮河流域,故以江淮泛指两地。　⑨ 沉

疴(kē)：久治不愈的重病。霍然：突然，忽然。 ⑩ 徇(xùn)：曲从。⑪ 甚庸：非常平常。庸：平常。 ⑫ 颦(pín)：同"颦"，皱眉头。⑬ 贸贸然：弄不清楚、糊里糊涂的样子。适：往到，这里是掉进去的意思。郁栖：污秽停积的地方。 ⑭ 不克：不成。 ⑮ 挠：挠乱，阻挠。 ⑯ 诪(zhōu)张：狂妄放肆。颇僻：偏邪不正，即不合常规。

翻译

　　大道不昌明已经很久了，士人想说中庸之道的话，做中庸之道的事，而不受世俗鄙见的牵累，也是很难的了啊。苏轼说："古代的所谓中庸之道，探尽万事万物的情理而不出差错；现在的所谓守中庸之道却是一步一步地做一般人所做的事情。"要是能够做一般人所做的事情，即使说他中庸，也是可以的。从我开始懂事，看到世间苟且卑贱不讲廉耻，奸诈虚伪而又贪婪财物成病的人，都自称"中庸"，世人也以"中庸"看待他们。那些不这样做的人，果然自己束缚自己，而世人却拿非中庸之论在背后非议他们。

　　燕人刘函三君做池阳县令，苦于上级长官的敲诈勒索，便丢弃官职，在江淮一带讲学授徒。他曾对我说："我起初不知道这官吏是一天也当不得的。我当了一百四十天官，然后辞职，饮食有味了，觉也睡得好了，就像在黑夜里渡江漂海看见了岸头，就像久治不愈的重病突然离开我的身体了。"古代的君子不拿道来曲从于别人，不使不仁的东西加到自己身上。刘君的行为难道不是很平常毫不奇怪的道理吗？然而他的同乡却都说他太迂腐古怪不合中庸之道,和他关系亲密的人更为他皱着眉头叹息,好像是可怜他处世太糊涂而不可救药。即使这样,我却希望刘君这样努力做下去而不要有什么疑惑。

耳聋眼瞎的人,迷迷糊糊地掉进污泥陷井中去了,耳聪眼明的人正在他的前面,救他不成,反而跟着他一起陷了进去,那么这样的人的可惊可讶就厉害了。凡是那些一心要发表阻挠你的言论的人,自认为很聪明,实际上是天下最愚蠢的。对于那些不怕古代的圣人贤人,却要怕现在的愚人的人,有什么办法啊!希望刘君把我这些话藏在心里,不要拿来对乡里的人说,不然他们将又会认为我这是狂妄放肆、不合常情、违背了中庸之道的话了。

孙征君传

孙奇逢,字启泰,号钟元,人称夏峰先生。明清之际学者,与黄宗羲、李颙并称三大儒。旧时文人称曾受朝廷征聘但不肯受职的隐士叫"征君"。明亡后,孙奇逢拒不仕清,朝廷屡征不就,故称之为孙征君。本文为孙奇逢立传,通过几个典型事例的叙说,表现孙奇逢忠贞不渝、不畏权势、守正义、有胆识的品行和为人。方苞认为,记事之文,必须"义法"俱备。"义即《易》之所谓'言有物'也;法即《易》之所谓'言有序'也。"(《又书货殖列传后》)为人立传,当以"法"显"义"。"法"的重要内容就是文章的布局,材料的剪裁取舍。"《春秋》之义,常事不书"(《书汉书霍光传后》),就是剪裁的基本标准。这一标准运用到人物传记中,那就是要做到"所载之事必与其人之规模相称"(《与孙以宁书》)。本文便注意"著其荦荦大者"。在写孙征君的德望时,主要写他如何受到时人的敬重,死后如何受到后人的奉祀。这种写法收到了很好的效果。

孙奇逢,字启泰,号钟元,北直容城人也①。少倜傥,好奇节,而内行笃修②;负经世之略,常

欲赫然著功烈,而不可强以仕。年十七,举万历二十八年顺天乡试③。

先是,高攀龙、顾宪成讲学东林④,海内士大夫立名义者多附焉。及天启初⑤,逆奄魏忠贤得政⑥,叨秽者争出其门⑦,而目东林诸君子为党⑧。由是杨涟、左光斗、魏大中、周顺昌、缪昌期次第死厂狱⑨,祸及亲党。而奇逢独与定兴鹿正、张果中倾身为之⑩,诸公卒赖以归骨⑪,世所传"范阳三烈士"也⑫。

方是时,孙承宗⑬以大学士兼兵部尚书经略蓟、辽⑭,奇逢之友归安茅元仪及鹿正之子善继皆在幕府⑮。奇逢密上书承宗,承宗以军事疏请入见。忠贤大惧,绕御床而泣⑯,以严旨遏承宗于中途⑰,而世以此益高奇逢之义⑱。台垣及巡抚交荐屡征⑲,不起。承宗欲疏请以职方起赞军事⑳,使元仪先之,奇逢亦不应也。其后畿内盗贼数骇,容城危困,乃携家入易州五公山㉑,门生亲故从而相保者数百家,奇逢为教条部署守御,而弦歌不辍㉒。

入国朝。以国子祭酒征㉓,有司敦趣㉔,卒固辞。移居新安㉕,既而渡河,止苏门百泉㉖。水部郎马光裕奉以夏峰田庐㉗,遂率子弟躬耕;四方来学愿留者,亦授田使耕,所居遂成聚。

奇逢始与鹿善继讲学,以象山、阳明为宗㉘,及晚年,乃更和通朱子之说㉙。其治身务自刻砥㉚,执亲之丧,率兄弟庐墓侧凡六年㉛。人无贤愚,苟问学,必开以性之所近,使自力于庸行㉜。其与人无町畦㉝,虽武夫悍卒、工商隶圉、野夫牧竖㉞,必以诚意接之,用此名在天下,而人无忌嫉者。方杨、左在难,众皆为奇逢危,而忠贤左右皆近畿人,夙重奇逢质行,无不阴为之地者㉟。鼎革后㊱,诸公必欲强起奇逢,平凉胡廷佐曰㊲:"人各有志,彼自乐处隐就闲,何故必令与吾侪一辙乎?"居夏峰二十有五年,卒,年九十有二。河南北学者㊳,岁时奉祀百泉书院,而容城与刘因、杨继盛同祀㊴,保定与孙文正承宗、鹿忠节善继并祀学宫,天下无知与不知,皆称曰夏峰先生。

赞曰㊵:先兄百川闻之夏峰之学者㊶,征君尝语人曰:"吾始自分与杨、左诸贤同命㊷,及涉乱离,可以犯死者数矣,而终无恙,是以学贵知命而不惑也。"征君论学之书甚具,其质行,学者谱焉,兹故不论,而独著其荦荦大者㊸。方高阳孙少师以军事相属㊹，先生力辞不就，众皆惜之，而少师再用再黜㊺，讫无成功，《易》所谓"介于石，不终日"者㊻，其殆庶几耶㊼？

---

① 北直：即北直隶。旧以直属京师的地区为直隶。明初都南京，成祖迁都北京，以原直属南京的地区为南直隶，直属北京的地区为北直隶。容城：即今河北省容城县。　② 内行：内心实行，指平日的思想言行。笃修：忠厚美好。修：善，美好。　③ 乡试：明清时代，各省每三年举行一次的科举考试，考取的人称举人。　④ 高攀龙、顾宪成讲学东林：见《学案序》注。　⑤ 天启：明熹宗朱由校的年号（1621—1627）。　⑥ 奄(yān)：通"阉"，"逆阉"见《左忠毅公逸事》注。魏忠贤：明代宦官。万历年间入宫为太监，与皇孙朱由校的乳母客氏私通。朱由校继位，受宠专权，结党营私，谋害忠良，兴大狱杀害大批东林党人。思宗（朱由检）继位，被黜，后惧罪自杀。　⑦ 叨秽者：贪图污秽的人，指贪官污吏。叨：通"饕"，贪婪。　⑧ 目：把……看作。　⑨ 杨涟：字文孺，号大洪，应山（今属湖北省）人，曾上疏列举魏忠贤二十四大罪状，被阉党诬陷入狱，死于狱中。魏大中：字孔时，嘉善（今属浙江省）人。因上疏弹劾魏忠贤，被阉党诬陷入狱，死于狱中。周顺昌：字景文，号蓼洲，吴县（今属江苏省）人。明熹宗时任吏部郎中，因得罪魏忠贤，被捕入狱，死于狱中。缪昌期：字当时，江阴（今属江苏省）人，被阉党诬陷，死于狱中。厂狱：见《左忠毅公逸事》注。　⑩ 定兴：县名，今属河北省。鹿正：鹿久徵之子，鹿善继之父，曾与孙奇逢、张果中等竭力营救杨涟、左光斗等

人,人称鹿太公。张果中:字子度,新城(今属河北省)人。 ⑪卒:最终,终于。归骨:使尸骨回到家乡。 ⑫范阳:古郡名,故城在今河北涿州。容城、定兴、新城三县古皆属范阳郡。烈士:壮怀激烈之士。 ⑬孙承宗:字稚绳,号恺阳,高阳(今属河北省)人。官至兵部尚书。曾因触犯魏忠贤贬职。清兵入关后,率兵据高阳抗击,城破自缢,死后谥文正。大学士:官名,明初仅位秩五品,备皇帝顾问。明宣宗后位比六卿还高。兵部尚书:官名,主管中央及地方的军事武装。 ⑭经略:官名。明代不常设,有战争、军事行动时临时设立,总管一地的军务,权力在总督之上。蓟(jì):即蓟州。辽:辽东地区。蓟、辽合起来包括当时的顺天府、保定府及辽东等地区。 ⑮归安:地名,在今浙江吴兴东南。茅元仪:字止生,号石民。崇祯中叶协助孙承宗管理军务,官至副总兵。鹿善继:字百顺,定兴人。万历进士,官至太常寺少卿。曾支持东林党人的斗争。清兵入关,据定兴抗守,城陷而死。谥忠节。幕府:旧时指地方军政大吏的指挥所或办公的地方。 ⑯御床:皇帝宝座。床:坐椅。御:对帝王的行为及所用之物的敬称。 ⑰严旨:指皇帝的命令。 ⑱高:高尚。这里是意动用法,即认为……高尚。 ⑲台垣:即御史台官署。巡抚:官名。明代巡抚为封疆大臣,因管理地区与职责之不同而有不同的名目。当时御史黄宗昌、巡抚张其平等都曾上奏推荐孙奇逢。 ⑳职方:官名。明代在兵部下设职方清吏司,掌管疆域版图、军制、城隍、镇戍、征讨等事。㉑易州:古州名,治所在今河北省易县。五公山:在易县西。 ㉒弦歌不辍(chuò):这里是说孙奇逢将民众安排得很好,不失礼乐。古代读书时,往往用琴瑟之类的弦乐配曲,称为"弦歌"或"弦诵",后用来泛指儒家的礼乐文化教育。辍:

停止。 ㉓国朝:本国皇朝,指清王朝。国子祭酒:官名。为国家最高学府的主持人,掌领太学、国子学和国子监所属各学馆。 ㉔有司:古代设官分职,各有专司,因称官吏为"有司"。趣(cù):同"促"。 ㉕新安:县名,今属河北省。 ㉖苏门:山名,为太行山支脉,在河南辉县西北。百泉:又名百河,在苏门山麓。 ㉗水部郎:工部属官,掌管有关水利的政令。马光裕:字绳诒,山西安邑(今运城)人。夏峰:苏门山诸峰之一。 ㉘象山、阳明:见《学案序》注。 ㉙和通:融会贯通。朱子:即朱熹,见《学案序》注。 ㉚刻砥(dǐ):刻苦磨炼。 ㉛"率兄弟"句:按儒家礼仪,父母去世,子及未嫁之女必须服丧三年。丧服斋戒,夫妻不得同室,严者筑庐墓侧别居。庐:茅屋,这里用作动词,意为筑庐。 ㉜庸行:日常的行为。庸:平常。 ㉝町畦(tīng xī):田间的界路,引申指界限、约束。这里用"无町畦"比喻平易近人。 ㉞隶圉(yǔ):养马的奴仆。竖:童仆。 ㉟地:余地,方便。 ㊱鼎革:指改朝换代。 ㊲平凉:县名,今属甘肃省。 ㊳河:黄河。 ㊴刘因:字梦吉,号静修,容城人。是宋元之际容城一带有名的学者。杨继盛:字仲芳,号椒山,容城人。明嘉靖进士,官至兵部武选员外郎,因弹劾严嵩十大罪,被害。 ㊵赞:文体的一种,以赞美为主。古时为人作传,也往往在最后加一段赞语。 ㊶先兄:指已去世的兄长。百川:方舟,字百川。方苞之兄。古文家,早卒,方苞的古文颇受其影响。 ㊷分:料想。 ㊸荦荦(luò):明显的样子。 ㊹孙少师:孙承宗曾加封少师官衔。 ㊺黜(chù):降职或罢免。 ㊻"介于石,不终日":语出《易·豫》。大意是说,能察祸福于初始,不苟求安逸,守职耿介如石一般坚强,时时注意去恶修善,不使不好的东西在自己身上存在一天。 ㊼殆:大概。庶几:差不多。

翻译

  孙奇逢,字启泰,号钟元,北直隶容城人。年轻时豪放洒脱,喜好杰出的节操,而且要求自己平日的思想言行忠厚美好;抱负治理天下的才略,常想显赫地建树辉煌功业,但不能勉强他做官。十七岁时就中了万历二十八年顺天乡试举人。

  在此之前,高攀龙、顾宪成在东林书院讲学,国内士大夫想树立名声节操的人都依附于他们。到天启初年,逆阉魏忠贤掌握政权,那些贪官污吏都争着做他的门人,而把东林书院的各位君子看作朋党集团。因此杨涟、左光斗、魏大中、周顺昌、缪昌期等人相继死在东厂监狱,灾祸连及亲戚朋友。然而奇逢却和定兴鹿正、张果中一起尽一切力量营救他们,各位被害者的尸骨最终亏得他们才能够被运回家乡。这就是世间传颂的"范阳三烈士"。

  正在这个时候,孙承宗以大学士兼兵部尚书的身份掌管蓟辽一带的军务,奇逢的好友归安茅元仪和鹿正的儿子鹿善继都在孙承宗的幕府任职,奇逢秘密上书给承宗,承宗便说有军务事宜,上疏请求到朝廷拜见皇上。魏忠贤十分害怕,围绕在皇帝座前哭泣,于是用皇帝的命令在半路上阻止承宗,然而世人却因此更加觉得奇逢的节义高尚。御史、巡抚相继向朝廷推荐孙奇逢,朝廷也多次征召他,但他都不出来应召。孙承宗想上疏请求用职方的官职起用他协助办理军务,派茅元仪先去跟他说,奇逢也不答应。后来京城地区盗贼屡次发生可怕的暴乱,容城也很危急,奇逢便携带全家住进易州五公山,他的学生亲戚朋友等跟随并互相保护的达到几百家,奇逢订立各项规矩,部署防守,因而五公山上读书礼乐之声并未停止。

到了本朝,征召他为国子监祭酒,官吏敦促他赴任,他最后还是坚决拒绝了。于是他迁居到了新安,既而又渡过黄河,一直到了苏门百泉。水部郎马光裕把夏峰的田地房屋赠送给他,奇逢便带领子弟们亲自耕种;四方各地来求学的,只要愿意留下来的,他都分给田土让他们耕种,于是奇逢住的地方便成了村落。

奇逢开始和鹿善继一起讲学时,宗信陆象山、王阳明的学说,到了晚年,又进一步融会了朱熹的学说。奇逢要求自己严格,努力刻苦磨炼自己,为父母守孝,便带领兄弟在父母亲坟墓边筑茅庐住上六年。无论贤明的还是愚昧的人,只要来请教学问,他一定用和那人的资质性情相近的知识来开导,使其在平常的言行中自己努力。奇逢和别人交往平易谦和,即使是武夫和强悍士兵、工匠商人和奴仆、庄稼汉和牧童,都必定以诚意接待他们,因此名声传扬天下,但没有人嫉妒他。当杨涟、左光斗遭难的时候,大家都替奇逢的安全担心,但魏忠贤手下的人都是京城地区的人,向来敬慕奇逢的品质操行,没有不暗地里为他行方便的。改朝换代后,各位大官一定要强行起用奇逢,平凉胡廷佐说:"人各有志,他自己乐于隐居过安闲日子,为什么一定要让他和我们走一条路呢?"奇逢在夏峰居住了二十五年,终年九十二岁。黄河南北的学者,逢年过节都要到百泉书院去祭祀他,而容城县将他和刘因、杨继盛一同祭祀,保定将他和孙文正承宗、鹿忠节善继一同在学府祭祀。世人不论了解或不了解他,都称他为夏峰先生。

赞曰:先兄百川从夏峰先生的学生们那里听说,奇逢曾对人说:"我开始自己料定将会和杨涟、左光斗各位贤士遭受一样的命运,到后来遇上战乱奔离,遇到死的危险多次了,但最终没遭受什么祸患,所以说做学问,贵在知天命而不要疑惑。"奇逢讨论学术的著作,留下的都很完备,他的品质操行,他的学生们已有记述,这里就不说了,只写上他非常明显的重要言行。当高阳孙承宗少师委任他军事职务,他极力推辞不受的时候,大家都为他惋惜,然而孙少师自己两次被重用又两次遭贬,最后也没取得成功,《易经》所说的"介于石,不终日",孙奇逢的所作所为大概跟这差不多吧。

陈驭虚墓志铭

　　本文为一个身怀绝技的隐士立传,着重写了他的三件事:一是给作者的仆人治病,手到病除,足见其医术之高明。二是拒绝给"势家"看病,认为这些人"生有害于人,死有益于人",足见其正义感之强烈。三是"不乐仕宦",认为"吾日活数十百人,若以官废医,是吾日杀数十百人也",足见其操行之高尚。文章将概括叙述与典型材料相结合,以点带面,文笔简练而重点突出,将一个医术高明、操行高尚、愤世疾俗的隐士刻画得栩栩如生。本文也是方苞关于传记文理论的一次实践,"所载之事,必与其人之规模相称",取材和剪裁都很有特点。

　　君讳典,字驭虚,京师人。性豪宕,喜声色狗马,为富贵容,而不乐仕宦。少好方①,无所不通,而独以治疫为名。疫者闻君来视,即自庆不死。京师每岁大疫,自春之暮至于秋不已。康熙辛未②,余游京师,仆某遭疫③,君命市冰以大罂贮之④,使纵饮⑤,须臾尽⑥;及夕,和药下之⑦,

汗雨注,遂愈。 余问之,君曰:"是非医者所知也。 此地人畜骈阗⑧,食腥膻⑨,家无溷匽⑩,污渫弥沟衢⑪,而城河久堙⑫,无广川大壑以流其恶。 方春时,地气愤盈上达⑬,淫雨泛滥,炎阳蒸之,中人膈臆⑭,困憹忿蓄⑮,而为厉疫⑯。 冰气厉而下渗,非此不足以杀其恶。 故古者藏冰,用于宾、食、丧、祭,而老疾亦受之,民无厉疾。 吾师其遗意也。"

余尝造君⑰,见诸势家敦迫之使麇至⑱。 使者稽首阶下⑲,君伏几呻吟,固却之。 退而嘻曰⑳:"若生有害于人㉑,死有益于人,吾何视为?"君与贵人交,必狎侮㉒,出嫚语相訾謷㉓。 诸公意不堪㉔,然独良其方㉕,无可如何。 余得交于君,因大理高公㉖。 公亲疾,召君,不时至;独余召之,夕闻未尝至以朝也。

君家日饶益㉗,每出,从骑十余,饮酒歌舞,旬月费千金㉘。 或劝君谋仕,君曰:"吾日活数十百人,若以官废医,是吾日杀数十百人也。"诸势家积怨日久,谋曰:"陈君乐纵逸㉙,当以官为维娄㉚,可时呼而至也。"因使太医院檄取为医士㉛。 君遂称疾笃,饮酒近女,数月竟死。

　　君之杜门不出也,余将东归,走别君。 君曰:"吾逾岁当死,不复见公矣。 公知吾谨事公意乎? 吾非医者,惟公能传之,幸为我德㉜。"乙亥㉝,余复至京师,君柩果殣㉞,遗命必得余文以葬。 余应之而未暇以为。 又逾年,客淮南㉟,始为文以归其孤。

　　君生于顺治某年某月某日㊱,卒于康熙某年某月某日,妻某氏,子某。 铭曰:

　　乂从古㊲,迹戾世㊳,隐于方,尚其志㊴。 一愤以死避权势,胡君之心与人异㊵!

---

①方:方术,指医术、卜术等。　②辛未:康熙三十年(1691)。　③遘疫:染上瘟疫。遘:遇上。　④罂(yīng):盛酒的器具,口小腹大。　⑤纵饮:放量喝。纵:放任,不约束。　⑥须臾:一会儿。　⑦和(huò):混和搅拌到一块。　⑧骈阗(tián):聚集,盛多的样子。　⑨食腥膻(shān):吃生腥膻臊的食物,指爱吃牛羊肉。　⑩溷(hùn):厕所。匽(yǎn):储污水的坑池。　⑪渫(xiè):污浊。衢(qú):四通八达的道路,这里指街道。　⑫堙(yīn):堵塞。　⑬愤盈:充溢猛烈。上达:向上升腾。　⑭中(zhòng):正对上。这里是伤害的意思。膈(gé)臆:泛指内脏。膈:人和哺乳动物体中分隔胸

腔和腹腔的肌膜结构。臆:胸。 ⑮ 困愲(zōng):堵塞不通。悠蓄:郁积不散。 ⑯ 厉疫:一种瘟疫,也称疠气、疫疠。厉:通"疠"。 ⑰ 造:到……去,造访。 ⑱ 敦迫:接连催促。麋(qún):成群。 ⑲ 稽首:古时一种跪拜礼,行礼时叩头到地。 ⑳ 嘻:无可奈何的叹息。 ㉑ 若:指示代词,那些,指权势人家。 ㉒ 狎侮:戏弄侮辱。 ㉓ 嫚(màn)语:轻侮的话。訾謷(zǐ áo):讥笑讽刺。 ㉔ 不堪:忍受不了。 ㉕ 良:这里是意动用法,认为……好。 ㉖ 大理:掌管刑狱的官署。清代与刑部、都察院为三法司,会同处理重大的司法案件。高公:高裔,字素侯,宛平(今属北京市)人。翰林出身,官至大理寺卿。曾以学使身份视学江南,见到方苞,极为器重,方苞也从此将其当老师敬重。 ㉗ 饶益:富裕。 ㉘ 旬月:一个月。 ㉙ 纵逸:恣纵放荡。 ㉚ 维娄:系绊,束缚。系马叫"维",拴牛叫"娄"。 ㉛ 太医院:明清时代设立的医务官署,征集全国名医,专为皇帝及皇宫人员、朝廷官吏治病。医士:医官名。太医院长官为院使,下分为御医、吏目、医士等。 ㉜ 幸为我德:希望给我恩惠,即要求方苞为自己作传留名。德:恩惠。 ㉝ 乙亥:康熙三十四年(1695)。 ㉞ 柩(jiù):盛放了尸体的棺材。瘗(sì):临时殡殓掩埋。 ㉟ 客:客住。淮南:泛指淮水以南的地区,大致包括今江苏安徽两省内长江以北、淮河以南的地方。唐代有淮南道,宋代有淮南路,治所在扬州。此以淮南代指扬州。 ㊱ 顺治:清世祖福临的年号(1644—1661)。 ㊲ 义从古:道义追随古代君子。 ㊳ 迹:行迹,行为。戾世:与世俗不同。戾:违反。 ㊴ 尚其志:使自己的志操高尚。 ㊵ 胡:疑问词,为什么。

翻译

　　陈君名典,字驭虚,京师人。性情豪放洒脱,喜好歌舞女色,养狗骑马,一副富贵人气派,但却不愿意当官。年轻时喜欢方术,没有什么不懂的,但只以医治瘟疫为世人所知。患病的人听说陈君来看病,便庆幸自己不会死亡。京师每年都流行大瘟疫,从春末到秋天不止。康熙三十年,我到京师,我的一个仆从染上了瘟疫,陈君叫我们买冰块用大酒缸盛起来,冰融化成水后让病人放量喝。一会儿全喝完了。到了晚上,调药给病人吃,让他下泻。病人流汗像下雨一样,于是便好了。我问他,他说:"这不是医生们所懂的东西。这地方人畜聚集,吃生腥膻臊的东西,各家没有厕所污水池,污水秽物充满水沟街道,而城里的河流长久堵塞,没有大的沟河流泻这些污秽的东西。正当春天时节,地气充溢猛烈地向上升腾,久雨不停,流水泛滥,炎热的太阳一蒸发,伤害人的内脏器官,致使秽气在人体内阻塞不通,郁积不散,于是发生瘟疫。冰气凛冽而又是下泻散发的,不是这东西不足以消除瘟疫的恶气。所以古代藏冰,用于宾礼、饮食、丧事、祭祀,而老人病人也使用,因此人们不患瘟疫。我不过是效法古人的这种做法。"

　　我曾经拜访陈君,看到各有权势的人家派来敦促他去看病的人成群结队。派来的人在台阶下叩头行礼,陈君却伏在案几上假装呻吟,坚决推辞不去。来请他的人走后,他无可奈何地叹息道:"那些人活着对人民有害,死了对人民有好处,我为什么给他们看

陈驭虚墓志铭

病!"陈君和显贵的人物交往,必定要戏弄侮辱他们,说些轻侮的话讥笑讽刺他们。各位权贵心里受不了,但又觉得他医术高明,对他也没办法。我能和陈君结交,是通过大理寺卿高公的关系。高公的父亲害病,召请陈君,陈君也没有按时去;唯独我召请他,不曾发生过晚上请而拖到第二天早上才来的事。

  陈君家里一天比一天富裕,每次出行,都是十多个骑马的跟着。饮酒歌舞,一个月要花费上千两银子。有人劝陈君设法谋取官职,陈君说:"我每天救活几十上百人,如果因当官废弃行医,那就等于我每天杀死几十上百人。"各有权势的人家对他怀恨的时间长了,谋划道:"陈君喜欢恣纵放荡,应当用官职来约束他,这样就可以随时呼唤他来了。"于是让太医院下达征召文书录用他为医士。陈君便自称病得很重,大量饮酒,接近女色,几个月后就去世了。

  陈君在闭门不出的时候,我准备回家,便去向他告别。陈君说:"我过年后就会死,不能再见到你了。你知道我恭恭敬敬地对待你的用意吗?我不是个一般的医生,这一点只有你能向世人传扬,希望你能为我立传。"

  康熙三十四年,我再到京师,陈君果然已经去世,灵柩还只临时收敛,留下遗嘱说一定要得到我的文章后再安葬。我答应了,但一直没有空闲时间动笔。又过了一年,我客住淮南,才写成这篇文章交给他的儿子。

  陈君生于顺治某年某月某日,逝世于康熙某年某月某日,妻

某氏,子某。铭文如下:

道义追随古代君子,行为不与世俗同流,隐身于方术,高尚自己的志操,一愤之下,以死来逃避权贵势力,为什么陈君的心与世俗大不相同!

送王篛林南归序

方苞的抒情散文不多，但于冷静之中款款抒发，亦具有动人肺腑的魅力。本文是篇赠序，送别友人王澍辞官回乡。王澍，字若霖，亦自书为篛林，号虚舟，金坛（今江苏省金坛市）人。康熙进士，官至吏部员外郎。为方苞挚友。文中先写自己在患难中友人对自己"交益笃"，次写自己在友人走后将"无所向"的孤寂处境（此时方苞虽已出狱，但全家被迫编入旗籍，实际上是处于受监视的状态）和得知挚友将要离别时"心忡惕"的感受，最后想象着友人归乡后"酣嬉自适"之时将会念及自己而"惆然不乐"。文章很少直接抒写自己的心情，而怀念友人、珍惜友情以及为自己的孤寂而惆怅的情绪，却已充分表露出来，具有强烈的感染力。

余与篛林交益笃，在辛卯、壬辰间①。前此，篛林家金坛，余居江宁②，率历岁始得一会合。至是，余以《南山集》牵连系刑部狱，而篛林赴公车③，间一二日必入视余。每朝餐罢，负手步阶除，则篛林推户而入矣。至则解衣盘薄④，谐经诹史⑤,旁若无人。 同系者或厌苦,讽余曰:"君纵忘此地为圜土⑥,身负死刑,奈旁观者姗笑何⑦?"然篛林至则不能遽归⑧,余亦不能畏訾謷而闭所欲言也。

  余出狱,编旗籍⑨,寓居海淀。 篛林官翰林。每以事入城,则馆其家⑩。 海淀距城往返近六十里,而使问朝夕通,事无细大,必以关忧喜相闻。每阅月逾时,检篛林手书,必寸余。 戊戌春⑪,忽告余:"归有日矣。"余乍闻,心忡惕⑫,若瞑行驻乎虚空之径,四望而无所归也。 篛林曰:"子毋然。 吾非不知吾归子无所向,而今不能复顾子,且子为吾计,亦岂宜阻吾行哉!"篛林之归也,秋以为期,而余仲夏出塞门⑬,数附书问息耗而未得也。 今兹其果归乎? 吾知篛林抵旧乡,春秋佳日,与亲懿游好徜徉山水间⑭,酣嬉自适,忽念平生故人,有衰疾远隔幽燕者⑮,必为北乡惘然而不乐也⑯。

---

① 辛卯:康熙五十年(1711),方苞这一年被捕入狱。壬辰:康熙五十一年(1712)。　② 江宁:清代属江宁府,府治在今南京市。　③ 公

车:汉代以公家的车马接运应召的人,后代便以"公车"为举人入京应式的代称。 ④盘薄:据持牢固的样子,这里指来了就不想走。 ⑤谘(zī):询问,商讨。诹(zōu):询问。 ⑥圜(yuán)土:牢狱。 ⑦姗笑:讥笑。姗通"讪"。 ⑧遽(jù):急,很快。 ⑨编旗籍:旗是清代的一种军队和地方户籍编制。汉族犯人释放后需继续加以管制,便将其编入汉军八旗。方苞出狱后,亲属家族几十人被遣送到北京编入旗籍。 ⑩馆:住宿。 ⑪戊戌:康熙五十七年(1718)。 ⑫忡(chōng)惕:忧虑紧张。 ⑬出塞门:指随皇帝一起去长城以北的承德行宫。方苞出狱后,受康熙帝特召入值南书房(康熙的秘书机构),成为康熙帝的近身文秘。 ⑭亲懿(yì):最亲的人。游好:交游的好友。徜徉:徘徊,自由自在地往来。 ⑮幽燕:幽即古幽州,燕是河北的别称,合起来指当今河北及辽宁南部一带。这里泛指北方。 ⑯乡:通"向"。惘然:悲伤的样子。

翻译

我和篛林的交情更为深厚,是在辛卯、壬辰年间。在这之前,篛林家住在金坛,我住在江宁,通常是一年才能会一次面。到那两年,我因《南山集》案子的牵连被囚禁到刑部的监狱,而篛林正好进京应试,隔一两天一定要来看我。每吃过早饭,背着手走上台阶,便见篛林推门进来了。进来后便脱去外衣,久坐不去,向我询问经史方面的知识,好像旁边根本没有别人。同囚禁的有人对此厌烦不满,劝阻我说:"即使您忘了这里是监狱,自己被判了死刑,但有什么办法对待旁观者的讥笑?"可是篛林每次来了总是不能立即回去,我也就不能因为怕别人讥笑而不让他说话了。

  我出狱后,被编入旗籍,居住在海淀。篛林在翰林院任官。我每次因事到城里去,便在他家住宿。海淀离城里来回将近六十里,但两家互相派出送信问候的人早晚都有,无论事情大小,一定互相通气,是忧是喜,都让对方知道。每过一个多月,检收篛林亲手写来的信,必定有一寸多厚。戊戌年春天,他突然告诉我:"打算回家乡去了。"我乍一听到,心中不禁感到忧虑紧张,好像在夜间赶路时停在空旷无人的小路上,四面观望都没有自己的归宿。篛林说:"你不要这样。我不是不知道我回去后,你将没有来往的地方,但现在我不能再照顾你,况且你为我着想,难道该阻止我走吗!"篛林回家,时间定在秋天,而我仲夏就出了塞城大门,多次写信询问消息却没问到。现在真的回到了家乡吗?我知道篛林回到家乡后,春秋好时节,和至亲好友一起,游山玩水,畅快欢乐,感到很舒适的时候,会忽然想到一生的好朋友中,有一个衰弱有病而远隔在幽燕的人,一定会为此而向着北方感到惆怅而快乐不起来。

送王篛林南归序

再至浮山记

浮山,在桐城市东九十里,又名浮渡山、浮度山、符度山,是桐城市有名的风景胜地。方苞曾批评柳宗元的记游散文"惟记山水,雕刻众形,能移人之情……每题皆有见成文字一篇,不假思索"(《答程夔州书》)。所以他自己的记游散文,很注重借物抒情,力求做到有"义",即阐明一种道理,或阐述自己对人生的见解。本文对浮渡山的美景着笔很少,主要是结合自己曾遭"《南山集》案"之冤,阐明山有名不若无人知道的人生哲理。

昔吾友未生、北固在京师①,数言白云、浮渡之胜②,相期筑室课耕于此③。康熙己丑④,余至浮山,二君子犹未归,独与宗六上人游⑤。每天气澄清,步山下,岩影倒入方池;及月初出,坐华严寺门庑⑥,望最高峰之出木末者,心融神释,莫可名状。将行,宗六谓余曰:"兹山之胜,吾身所历殆未有也。然有患焉:方春时,士女杂至,吾常闭特室⑦,外键以避之⑧。夫山而名,尚为游

者所败坏若此⑨。"辛卯冬⑩,《南山集》祸作,余牵连被逮,窃自恨曰:"是宗六所谓也!"

又十有二年,雍正甲辰⑪,始荷圣恩给假归葬⑫。八月上旬至枞阳⑬,卜日奉大父柩改葬江宁⑭,因展先墓在桐者⑮。时未生已死,其子移居东乡。将往哭,而取道白云以返于枞。至浮山,计日已迫,乃为一昔之期⑯,招未生子秀起会于宗六之居而遂行。

白云去浮山三十里,道曲艰,遇阴雨辄不达;又无僧舍旅庐可托宿,故余再欲往观而未能。

既与宗六别,忽忆其前者之言为不必然。盖路远处幽而游者无所取资⑰,则其迹自希,不系乎山之名不名也。既而思楚、蜀、百粤间⑱,与永、柳之山比胜而人莫知者众矣⑲,惟子厚所经,则游者亦浮慕焉⑳。今白云之游者,特不若游渡之杂然耳。既为众所指目㉑,徒以路远处幽,无所取资,而幸至者之希,则曷若一无闻焉者㉒,为能常保其清淑之气,而无游者猝至之患哉㉓?然则宗六之言,盖终无以易也㉔。

余之再至浮山,非游也,无可记者,而斯言之义则不可没,故总前后情事而并识之。

再至浮山记

① 未生:左待,字未生,桐城人,方苞好友。北固:刘北固,字辉组,怀宁(属安徽省)人,方苞好友。　② 白云:山名,在桐城市东一百二十里,是当地的风景胜地。　③ 课耕:教授学生,耕种田地。　④ 己丑:康熙四十八年(1709)。　⑤ 宗六:和尚的名字,其人不可考。上人:佛教指具备德智善行的人,故用为对和尚的尊称。　⑥ 华严寺:佛教寺庙名。佛经中有《华严经》,中国佛教有华严派,故山寺中多有华严寺。门庑:殿堂门前的小屋。　⑦ 特室:单独的房间。⑧ 外键:在门外上锁。　⑨ "尚为"句:这句话后面省略了一句话没说出来,即:"更何况人呢!"　⑩ 辛卯:康熙五十年(1711)。　⑪ 雍正:清世宗胤禛的年号(1723—1735)。甲辰:雍正二年(1724)。⑫ 荷:蒙受。圣恩:皇帝的恩赐。归葬:方苞出狱后被迫将整个家族编入旗籍,住在北京海淀达十年之久,雍正帝即位后,赦方苞家族归回原籍,第二年,又批假让方苞办理先人坟墓迁葬等事。故说"归葬"。　⑬ 枞(zōng)阳:县名,今属安徽省,在桐城市之南。　⑭ 卜日:占卜选择吉日。大父:祖父。　⑮ 展:察看。桐:即桐城。⑯ 昔:通"夕"。　⑰ 取资:取作凭借,这里是用来提供方便的意思。⑱ 百粤(yuè):即百越,秦汉以前散居于长江中下游以南的各少数民族部落的统称,这里指百越所居住之地,包括今湖南西南部、广西大部等地。　⑲ 永:永州,州府在今湖南省永州市。柳:柳州,州府在今广西省柳州市。柳宗元曾先后被贬官为永州司马和柳州刺史。在这两个地方写过很多有名的山水游记。　⑳ 浮慕:假装爱慕。指有些人并不真正爱慕某些山水,只是因为这些山水有名人游过或有

题记,也凑着去游玩。 ㉑ 指目:手指着,眼睛看着,比喻引人瞩目。 ㉒ 曷若:何如,哪里比得上。 ㉓ 猝(cù):突然,出其不意。 ㉔ 终无以易:最终没有别的话可以替代,即谓宗六的话是正确的。

翻译

  从前我的朋友左未生、刘北固在京师,多次对我说起白云山、浮渡山的优美,互相约好今后到那里盖房子讲学耕种。康熙乙丑年我到浮山,他们二位君子还没有辞官回家乡,我只好一个人和宗六和尚游玩。每到天气晴朗清澈,在山下漫步,山岩的影子倒映在一方池塘中;到月亮升起的时候,坐在华严寺门前的小屋中,远望那超出树梢的最高山峰,真叫人心情陶醉,精神舒展,不可用语言来形容。我准备走时,宗六对我说:"这座山的优美,我亲身所经历的山大概没有超过它的。然而它也有一个祸患:正当春天时节,男女游客纷纷前来,我常常把自己关闭在单独的一间房子里,外面挂上锁以回避他们。山有了名气,尚且让游客败坏得如此这般。"辛卯年冬天,《南山集》案发生,我受牵连被逮捕,暗地里怨恨自己说:"这真是像宗六所说的那样啊!"

  又过了十二年,雍正甲辰年,我才承蒙皇上的恩赐,准假让我回家乡办理先人的坟墓迁葬事宜。八月上旬到枞阳,选择吉日护送祖父的灵柩改葬到江宁,顺便察看了在桐城的先人坟墓。这时左未生已经去世,他的儿子已移居到了东乡。我准备前往吊唁,从而取道白云返回枞阳。到浮渡山,预计日期太紧迫,便安排在此停留一夜时间,邀请未生的儿子秀起到宗六的居处见面,随后便起程。

白云山离浮渡山三十里,道路曲折难行,碰上阴雨天就走不到,又没有寺庙旅店可以借宿,所以我想再次去游玩,但没能如愿。

与宗六分别后,忽然想起他以前说的话,觉得不一定正确。大概路途遥远、地处幽静,而游玩的人又没有什么可借助的条件,那么游人的足迹自然就稀少了,并不在于山有名没名。后来又想,楚地、蜀地、百越一带和永州、柳州的山一样优美,却不被世人知道的山真是太多了,只因柳宗元游玩了,游客们也徒慕虚名去游玩。现在白云山的游客,只不过不如浮渡山那样混杂罢了。既然成为众人瞩目的地方,仅因路途遥远、地处幽静,没有方便游客的条件,而庆幸来游玩的人稀少,那么,哪里比得上一点名气也没有的好呢?那不是可以经常保持清静美好的环境气氛,而没有游客突然到来的忧患吗?这样说来,大概宗六的话终究还是不可改变的。

我再一次到浮山,不是为了游玩,没什么可记述的,而宗六和尚一番话所包含的深刻道理,却不可埋没,所以合并前后两次的事情一起记载下来。

记寻大龙湫瀑布

　　这是一篇游记,记述游览雁荡山中大龙湫瀑布的经过。文中突出了一个"寻"字,极少描写所寻游的山水,而是通过记叙在寻游大龙湫瀑布的过程中,舆者诳言路途险远难行,老僧识破舆者谎言、指引道路等情节,感叹"先王之道之榛芜久矣","孔、孟、程、朱皆困于众厮舆"。这正是方苞散文创作的特定模式,即不管写事写物,都要从所写事物本身发掘出某种思想内涵,这种思想内涵又总是与他所推崇的儒家说教和程朱理学相联系。这大概就是方苞自己所标榜的"义理"吧。

　　八月望前一日①,入雁荡,按图记以求名迹,则芜没者十之七矣②。访于众僧,咸曰:"其始辟者,皆畸人也③。庸者继之,或摽田宅以便其私④,不则苦幽寂,去而之他⑤,故蹊径可寻者希。"

　　过华严,鲍甥率众登探石龙鼻流处⑥,余止山下。或曰:"龙湫尚可至也。"遂宿能仁寺。诘旦⑦,舆者同声以险远辞⑧。余曰:"姑往焉,俟不可即而去之⑨，何伤！"沿涧行三里而近，绝无险艰。至龙湫庵，僧他出。樵者指道所由。又前半里许，蔓草被径，舆者曰："此中皆毒蛇、狸虫⑩，遭之重则死，轻则伤。"怅然而返，则老僧在门。问故，笑曰："安有行二千里，相距咫尺，至崖而反者？吾为子先路。"持小竿，仆李吉随之。经蒙茸⑪，则手披足踏。舆者坦步里许，径少窄，委舆于地⑫，曰："过此，则山势陡仄⑬，决不能前矣。"僧曰："子毋惑！惟余足迹是瞻⑭。"鲍甥牵引越数十步，则蔓草渐稀，道坦平，望见瀑布。又前，列坐岩下，移时乃归。舆者安坐于草间，并作乡语，怨詈老僧曰⑮："彼自耀其明，而征吾辈之诳⑯，必众辱之⑰。"

嗟乎！先王之道之榛芜久矣⑱，众皆以远迹为难，而不知苟有识道者为之先，实近且易也。孔、孟、程、朱皆困于众厮舆⑲，而时君不寤⑳，岂不惜哉？夫舆者之诳即暴于过客，不能谴呵而创惩之也，而怀怒蓄怨至此，况小人毒正㉑，侧目于君子之道以为不利于其私者哉？此严光、管宁之俦㉒，所以匿迹销声而不敢以身试也。

① 望:农历每月十五日。 ② 芜:田地荒废,长满杂草。 ③ 畸人:不合于世俗的异人。 ④ 摽田宅:在田宅上建标,即将田地房屋据为己有。摽:通"标",表识,记号。 ⑤ 之:到……去。他:别的,这里指别的地方。 ⑥ 鲍甥:即方苞的外甥鲍孔巡。 ⑦ 诘(jié)旦:第二天早晨。 ⑧ 舆者:轿夫。 ⑨ 即:靠近,走近。 ⑩ 狸虫:藏在洞穴中的毒虫。 ⑪ 蒙茸:蒙即菟丝子,一种缠绕牵藤的植物。茸:初生的草。这里用"蒙茸"泛指杂草。 ⑫ 委:抛弃,放下。 ⑬ 陡仄:山势峻峭狭窄。 ⑭ 惟余足迹是瞻:只看着我的足迹,意思是跟着我走就是了。瞻:望,看。 ⑮ 詈(lì):骂。 ⑯ 征:证明。诳(kuáng):谎话。 ⑰ 众辱之:当众侮辱他。众:众人,这里是名词用作状语,当着众人的意思。 ⑱ 榛(zhēn)芜:草木丛杂。这里指被埋没。 ⑲ 厮:对人表示轻蔑的称呼。 ⑳ 寤:通"悟",觉悟,清醒。 ㉑ 毒:痛恨。正:正直,指合乎正道的事物。 ㉒ 严光:字子陵,东汉初会稽余姚人。曾与刘秀同学,刘秀即位称帝后,他改名隐居。后被召到京师洛阳,委任为谏议大夫,他不肯受,归隐于富春山。管宁:字幼安,三国时北海朱虚(今山东省临朐东南)人。东汉末,避居辽东三十多年。魏文帝征他为太中大夫,不受;明帝又征他为光禄勋,仍固辞不就。侪:辈,类。

翻译

八月望日的前一天,进入雁荡山,按照图籍记载寻求名胜古

记寻大龙湫瀑布

迹,可是荒芜没落的已有十分之七了。询问各位僧人,都说:"那些最先来开辟的都是些不合于世俗的异人。那些庸俗之人接着而来,有的霸占田地房舍以谋求私利,否则苦于幽独寂寞,就离开到别的地方去,因此可以寻找的山路很少。"

经过华严寺,外甥鲍孔巡率领众人攀登上山,探寻石龙鼻流经的去处,我留在山下。有人说:"龙湫还可以去。"于是在能仁寺歇宿。第二天早晨,轿夫异口同声地推辞说路远不好走。我说:"暂且往前走,等到不能走了再离去,有什么损失呢?"顺着山涧走了将近三里路,一点也没有危险艰难。到了龙湫庵,僧人到别的地方去了。打柴的人给我们指点行走的路线,又向前走了约半里路,小道被蔓草覆盖着。轿夫说:"这地方到处是毒蛇狸虫,碰上它重则死,轻则伤。"于是非常遗憾地往回走。老僧已经等在庵门口,问了我们转来的缘故后,笑着说:"哪有走了二千里,相距只一点点远了,到了山边上却返回来的?我为你在前面带路。"说着就拄根小竹竿出发,家仆李吉跟在后面。遇到杂草,他就用手撩开用脚踏倒。轿夫跟着走了一里来地的平路,山路略微狭窄,便放下轿子说:"过了这地方,山势就陡峭狭窄了,决不能再往前走了。"僧人说:"你别受他们的骗!看着我的脚步走。"外甥鲍孔巡领着走了几十步,蔓草渐渐稀少了,道路也很平坦,可以望见瀑布。再向前走,在山岩坐下,过了好久才起身往回走。轿夫安坐在草地上,互相用土语说着话,怀着怨恨骂老僧,说:"他自己显示知道得多!揭穿我们说的谎话,以后一定要当众侮辱他。"

唉！先王之道埋没已经很久了，一般的人都觉得不容易达到而感到为难，却不知道如果有认识道的人在前面带路，其实是很近很容易达到的。孔、孟、程、朱的学说都被这般抬轿的家伙们扰乱了，而现在的学者们也不觉悟，岂不叫人可惜啊！那些轿夫的谎话即使暴露在过路旅客面前，也是不能斥骂他们、惩罚他们的，然而他们却心怀怒气怨恨到这个地步，更何况小人痛恨正道，对君子之道侧目而视，觉得君子之道不利于他们的私欲呢？这正是严光、管宁他们要销声匿迹、隐居起来而不敢以自身试验世俗的原因。

游雁荡记

  这篇游记与《记寻大龙湫瀑布》相似,并不着力写山写水,主要在于写"得于兹山"所悟出的"守身涉世""成己成物"的道理。谈体会、发议论,即所谓"义法",突出"义理"。方苞这种过于突出"义理"的游记散文,优点和特点在于发人深省,但是过分追求议论发挥,往往失去游记散文的特点,不免沦于说教,流于刻板。

  癸亥仲秋①,望前一日入雁山,越二日而反。古迹多榛芜不可登探,而山容壁色,则前此目见者所未有也。 鲍甥孔巡曰:"盍记之②?"余曰:"兹山不可记也。"

  永、柳诸山,乃荒陬中一丘一壑③,子厚谪居,幽寻以送日月,故曲尽其形容。 若兹山,则浙东西山海所蟠结④,幽奇险峭、殊形诡状者,实大且多。 欲雕绘而求其肖似,则山容壁色乃号为名山者之所同,无以别其为兹山之岩壑也。

  而余之独得于兹山者,则有二焉。 前此所见,如皖桐之浮山,金陵之摄山,临安之飞来峰⑤，其崖洞非不秀美也，而愚僧多凿为仙佛之貌相，俗士自镌名字及其诗辞，如疮痏蹶然而入人目⑥。而兹山独完其太古之容色以至于今，盖壁立千仞⑦，不可攀援，又所处僻远，富贵有力者无因而至，即至亦不能久留，构架鸠工以自标揭⑧，所以终不辱于愚僧俗士之剥凿也。又，凡山川之明媚者，能使游者欣然而乐。而兹山岩深壁削，仰而观俯而视者，严恭静正之心，不觉其自动。盖至此则万感绝，百虑冥⑨，而吾之本心乃与天地之精神一相接焉⑩。察于此二者，则修士守身涉世之学⑪，圣贤成己成物之道，俱可得而见矣。

① 癸亥：乾隆八年(1743)。仲秋：农历八月。 ② 盍：为什么不。 ③ 陬(zōu)：角落，引申指偏远的地方。 ④ 蟠(pán)结：盘曲围绕。 ⑤ 皖桐之浮山：安徽桐城的浮山。见《再至浮山记》注。金陵：南京的别称。摄山：即栖霞山。山上有栖霞寺及千佛岩、舍利塔等古迹。因山中多产草药，可以保养身体(摄生)，故又名摄山。临安：今杭州市。飞来峰：一称灵鹫峰。在杭州西湖西北灵隐寺前。相传东晋时，印度僧人慧理见此山，说它很像天竺国的灵鹫山，"不知何时飞来"，故名飞来峰。 ⑥ 痏(wěi)：疮。蹶(jué)然：歪斜不正，别扭的样子。蹶：摔倒。 ⑦ 仞：古代长度单位。一仞相当于古代的八尺

或七尺。 ⑧构架:指建筑寺庙房屋。鸠工:纠集工匠。鸠:纠集。标揭:标榜扬名。 ⑨冥:昏暗,引申指隐灭消失。 ⑩精神:这里指天地间一种超物质的东西。一:副词,完全。 ⑪修士:品德完美之士。守身:坚守自身的品行节操。涉世:经历、处理世事。

翻译

  癸亥年仲秋八月,望日前一天进入雁荡山,过了两天返回家。山中古迹多被丛生草木覆没而不可攀登寻游,但山峰的形状,崖壁的颜色,却是在这之前所不曾亲眼见到过的。外甥鲍孔巡说:"为什么不记下来?"我说:"这座山是无法记的。"

  永州、柳州的各山,只是荒凉偏远地方的小丘山沟,柳宗元贬官到那里,寻求山水幽境来打发日子,所以深入细致地描写它们。如果要记这座山,那么浙东浙西那些山海盘曲围绕、幽深奇特、险峻陡峭、奇形怪状、千姿百态的山,实在比这更大更多;如果想对它加以雕饰描写,而追求逼似它的外形,那么山峰的形状、崖壁的颜色将是与那些号称名山的山差不多,无法分别出所描写的就是这座山的崖壁山谷。

  但我从这座山所得到的,却有两点。在这以前见到的,如安徽桐城的浮山,金陵的栖霞山,临安的飞来峰,它们的山崖溶洞并不是不峻秀美丽,但是那些愚蠢的和尚大多将它们雕刻成神仙佛士的相貌,庸俗的读书人在上面刻上自己的名字和诗句,就像疮疤一样让人看了感到很不舒服。然而这座山直到现在却独独能保全它自古的面貌,大概是因为它峭壁陡立数千尺,不能攀登,又地处偏远,富贵有力的人没什么事需要到这里来;即使来了也不能在此停留很长时间,纠集工匠建筑房屋来标榜自己,所以它终于能不遭受那些愚僧俗士刻画雕凿。又有一点,凡是明媚秀丽的山川,都能使游人欣然快乐。但这山岩洞深邃,崖壁陡峭,仰头向上看,俯身向下看,人们严肃恭敬、安静端正的心情,不觉得会有动摇,大概是来到这里,就使人各种感慨都消失了,各种忧虑都没有了,而自己的本心便与天地的精神完全相吻合了。明白了以上两点,则品德完美的人坚守节操,处理世事的学问,圣贤成就自己也成就外物的道理,都可以获得而发现了。

姚鼐文

述庵文钞序

《述庵文钞》，清代王昶所著。王昶，字德甫，号述庵，人称兰泉先生。江苏青浦（今属上海）人。乾隆十九年（1754）进士，官至刑部右侍郎。精金石之学，著述甚丰。这一篇文集序是姚鼐辞官后在江宁主持钟山书院时所作。这时，正是他聚徒讲学、高唱桐城古文的时期。文中借评介王昶为文的学识才能，分析其成就和取得成就的原因，提出了著名的散文理论，即"义理""考证""文章"三者统一的理论。这些主张是姚鼐对方苞"义法"说的发展。桐城派一向强调文质兼备，道艺结合，天与人一。"义理""考证""文章"三者统一之说即是这种主张的具体理论说明。"义理"即作者的思想高度，"考证"是作者的学识水平，"文章"即作者的写作造诣。三者缺一不可，否则文章不可达于至善。"义理"之说远源于韩愈"文以载道"的理论；"考证"和"文章"，虽然宋代的程颐、清代的戴震都有类似提法（分别见《近思录》卷二、《与方希原书》），但强调三者并重，三者相济，却是姚鼐的独见。姚鼐曾在《谢蕴山诗集序》中指出"矜考据者每窒于文词，美才藻者或疏于稽古"，认为"考证""文章"或有偏废，则无以明"义理"，这是很有见地的。

余尝论学问之事有三端焉,曰:义理也,考证也,文章也。是三者,苟善用之,则皆足以相济;苟不善用之,则或至于相害。今夫博学强识而善言德行者,固文之贵也;寡闻而浅识者,固文之陋也。然而世有言义理之过者,其辞芜杂俚近,如语录而不文①;为考证之过者,至繁碎缴绕②,而语不可了③。当以为文之至美,而反以为病者,何哉?其故由于自喜之太过,而智昧于所当择也。夫天之生才虽美,不能无偏,故以能兼长者为贵。而兼之中又有害焉④,岂非能尽其天之所与之量⑤,而不以才自蔽者之难得与?

青浦王兰泉先生,其才天与之,三者皆具之才也。先生为文,有唐宋大家之高韵逸气⑥,而议论考核⑦,甚辨而不烦,极博而不芜,精到而意不至于竭尽,此善用其天与以能兼之才,而不以自喜之过而害其美者矣。先生历官多从戎旅⑧,驰驱梁、益⑨,周览万里,助成国家定绝域之奇功。因取异见骇闻之事与境,以发其瑰伟之辞为古文,人所未有。世以此谓天之助成先生之文章者,若独异于人。吾谓此不足为先生异,而先生能自尽其才,以善承天与者之为异也。

　　鼐少于京师识先生,时先生亦年才三十,而鼐心独贵其才。及先生仕至正卿⑩,老归海上,自定其文曰《述庵文钞》,四十卷,见寄于金陵。发而读之,自谓粗能知先生用意之深。恐天下学者读先生集,第叹服其美而或不明其所以美,是不可自隐其愚陋之识而不为天下明告之也。若夫先生之诗集及他著述,其体虽不必尽同于古文,而一以余此言求之,亦皆可得其美之大者云。

---

① 语录:对口语的实录。　② 缴(jiǎo)绕:纠缠不清。　③ 了:明了,明白。　④ 害:妨碍,不足。　⑤ 天之所与之量:指人的资质天分。　⑥ 唐宋大家:指唐宋散文八大家。　⑦ 考核:指考证,也就是乾嘉时代盛行的考据之学,是一门很能体现一个人渊博学识的学问。姚氏文中常写作"考核"。　⑧ 戎旅:军旅,指从军为官。　⑨ 梁益:梁州、益州,包括中国西南一带。王昶曾跟随云贵总督阿桂攻打缅甸,后又随理藩院尚书温福、阿桂两次讨伐金川(在四川境内)。　⑩ 正卿:清代有三品至五品卿之虚衔表示对高级官员的待遇,叫"正卿"。

翻译

　　我曾谈论做学问一事,有三个方面:义理、考证、文章。这三个方面,如果善于运用,那么都足以互相补益;如果不善于运用,则有可能发展到互相妨害。现在学问渊博、知识扎实而又善于议论道德行为的文章,固然是文章中可贵的;见闻不广、知识浅薄的文章,固然是文章中鄙陋的。但是,世间有些文章谈论义理太过分,文辞杂乱无章,肤浅俚俗,就像谈话的记录而没有一点文采。有的考证工夫用得太多,以至于繁杂琐碎,纠缠不清而说不明白。义理、考证本来应当用来写作最好的文章,却反而用来写作有毛病的文章,这是为什么呢?这缘故就在于自己的偏爱太过分,而自己的心智在应当选择什么方面却显得昏昧不明。天生的才能虽然很美好,但不可能没有偏重,所以能兼具多方面长处的人最可贵。然而兼具众长之中又可能有妨害,岂不是那些能够充分运用自己的天分而又能不因天赋而蒙蔽自己的人才是最难得的吗?

　　青浦王兰泉先生,他的才能是上天赐与的,是一位三个方面都具备的人才。先生作文章,有唐宋大家那种高雅的风韵和飘逸的气度;而议论考证,非常明晰而不烦琐,引证十分博洽而不芜杂;见解精到而意味又不至于尽露无遗,这是善于运用自己天赋的全面的才能,而没有因为自己过分的偏爱而妨碍写好文章。先生历任官职多是跟军旅生活有关:曾驰骋在西南一带,周游万里,辅助国家成就安定边疆的杰出功业。于是选取所见所闻中那些令人惊奇的事情或境遇,用来发挥他瑰丽雄健的辞章而写作古文,这样的古文他人都还没有写过。世人因此说是上天助成了先生的文章,好像独特而不同于他人。我说这一点还不足以成为先生的独特之处,而先生能充分发挥自己的才能,善于接受上天的赐予,这才是他最独特的地方。

  我年轻时在京师结识先生,那时先生的年纪也才三十岁,而我当时心里就唯独以为先生的才识可贵。等到先生官至正卿,年老后回到家乡,自己编定文集,命名为《述庵文钞》,共四十卷,承蒙寄到金陵来。我翻开拜读,自认为能大略体会先生用意的深刻。担心天下读书人读先生文集,只叹服他的文章优美,却可能不知道他写得优美的原因,因而不能把自己愚陋的见识隐藏起来,不向世人说个明白。至于先生的诗集及其他著述,体裁虽然不一定和他的古文相同,但同样根据我说的话去研读,也都可以把握到它们优美的大体吧。

古文辞类纂序

《古文辞类纂》是姚鼐选编的一部古文辞赋总集,共七十五卷,按文体分为十三类。着重选录《战国策》、《史记》、两汉散文家、唐宋散文八大家、明代归有光、清代方苞、刘大櫆的古文。这篇序言前一部分主要论述文体分类及各类文章的选录标准,并简略地讲述了各类文体的特点、功用以及历史发展,同时对各类文体的代表作品作了简洁而恰当的评述。后一部分总结"所以为文者八",认为文章以神、理、气、味为精,以格、律、声、色为粗,为文必须由粗及精,寓精于粗,而最高标准是"御其精者而遗其粗者"。这可以说是姚鼐散文理论的集中体现,它涉及到散文的内容、形式、境界、风格以及语言技巧等方面的问题。

鼐少闻古文法于伯父姜坞先生及同乡刘耕南先生①,少究其义,未之深学也。 其后游宦数十年,益不得暇,独以幼所闻者置之胸臆而已。 乾隆四十年,以疾请归,伯父前卒,不得见矣;刘先生八十,尤喜谈说,见则必论古文。 后又二年,

余来扬州,少年或从问古文法。夫文无所谓古今也,惟其当而已②。得其当,则六经至于今日,其为道也一。知其所以当,则于古虽远,而于今取法,如衣食之不可释③;不知其所以当,而敝弃于时④,则存一家之言,以资来者,容有俟焉⑤。

于是以所闻习者,编次论说为《古文辞类纂》⑥。其类十三,曰:论辨类,序跋类,奏议类,书说类⑦,赠序类,诏令类,传状类,碑志类,杂记类,箴铭类⑧,颂赞类,辞赋类,哀祭类⑨。一类内而为用不同者,别之为上下编云。

论辨类者,盖源于古之诸子,各以所学著书诏后世⑩,孔、孟之道与文⑪,至矣。自老、庄以降⑫,道有是非,文有工拙。今悉以子家不录,录自贾生始⑬。盖退之著论,取于六经、《孟子》;子厚取于韩非、贾生;明允杂以苏、张之流⑭;子瞻兼及于《庄子》。学之至善者,神合焉;善而不至者,貌存焉。惜乎子厚之才,可以为其至而不及至者,年为之也⑮。

序跋类者,昔前圣作《易》⑯,孔子为作《系辞》《说卦》《文言》《序卦》《杂卦》之传⑰,以推论本原,广大其义。《诗》《书》皆有序⑱,而

《仪礼》篇后有记⑲,皆儒者所为。其余诸子,或自序其意,或弟子作之,《庄子·天下》篇、《荀子》末篇皆是也⑳。余撰次古文辞,不载史传,以不可胜录也。惟载太史公、欧阳永叔《表》《志》序论数首㉑,序之最工者也。向、歆奏校书各有序㉒,世不尽传,传者或伪、今存子政《战国策序》一篇,著其概㉓。其后目录之序,子固独优已。

奏议类者,盖唐、虞、三代圣贤陈说其君之辞㉔,《尚书》具之矣。周衰,列国臣子为国谋者,谊忠而辞美㉕,皆本《谟》《诰》之遗㉖,学者多诵之。其载《春秋》内、外传者不录㉗,录自战国以下。汉以来有表、奏、疏、议、上书、封事之异名㉘,其实一类。惟对策虽亦臣下告君之辞㉙,而其体少别,故置之下编。两苏应制举时所进时务策㉚,又以附对策之后。

书说类者,昔周公之告召公㉛,有《君奭》之篇㉜。春秋之世,列国士大夫或面相告语,或为书相遗㉝,其义一也。战国说士㉞,说其时主㉟,当委质为臣㊱,则入之奏议;其已去国,或说异国之君,则入此编。

赠序类者，老子曰：“君子赠人以言。”颜渊、子路之相违㊲，则以言相赠处㊳。梁王觞诸侯于范台，鲁君择言而进㊴，所以致敬爱、陈忠告之谊也。唐初赠人，始以序名，作者亦众。至于昌黎㊵，乃得古人之意，其文冠绝前后作者。苏明允之考名“序”㊶，故苏氏讳“序”，或曰引，或曰说。今悉依其体，编之于此。

诏令类者，原于《尚书》之《誓》《诰》㊷。周之衰也，文诰犹存，昭王制㊸，肃强侯㊹，所以悦人心而胜于三军之众㊺，犹有赖焉。秦最无道，而辞则伟。汉至文、景，意与辞俱美矣，后世无以逮之㊻。光武以降，人主虽有善意，而辞气何其衰薄也！檄令皆谕下之辞㊼，韩退之《鳄鱼文》㊽，檄令类也，故悉附之。

传状类者，虽原于史氏㊾，而义不同。刘先生云㊿：“古之为达官名人传者，史官职之；文士作传，凡为圬者、种树之流而已(51)。其人既稍显，即不当为之传，为之行状(52)，上史氏而已。”余谓先生之言是也。虽然，古之国史立传，不甚拘品位，所纪事尤详；又实录书人臣卒(53)，必撮序其平生贤否(54)。今实录不纪臣下之事，史馆凡仕非赐谥及死事者[55]，不得为传。乾隆四十年，定一品官乃赐谥。然则史之传者，亦无几矣。余录古传状之文，并纪兹义，使后之文士得择之。昌黎《毛颖传》[56]，嬉戏之文，其体传也，故亦附焉。

碑志类者，其体本于《诗》，歌颂功德，其用施于金石[57]。周之时有石鼓刻文[58]，秦刻石于巡狩所经过[59]，汉人作碑文又加以序，序之体，盖秦刻琅邪具之矣[60]。茅顺甫讥韩文公碑序异史迁[61]，此非知言。金石之文，自与史家异体，如文公作文，岂必以效司马氏为工耶？志者，识也，或立石墓上，或埋之圹中[62]，古人皆曰志。为之铭者，所以识之之辞也。然恐人观之不详，故又为序。世或以石立墓上，曰碑曰表，埋乃曰志。及分志、铭二之，独呼前序曰志者，皆失其义，盖自欧阳公不能辨矣[63]。墓志文，录者尤多，今别为下编。

杂记类者，亦碑文之属。碑主于称颂功德，记则所纪大小事殊，取义各异，故有作序与铭诗全用碑文体者，又有为纪事而不以刻石者。柳子厚纪事小文，或谓之“序”，然实记之类也[64]。

箴铭类者，三代以来有其体矣。圣贤所以自

戒警之义，其辞尤质而意尤深。若张子作《西铭》㉖，岂独其理之美耶？其文固未易几也㉖。

赞颂类者，亦《诗》颂之流，而不必施之金石者也。

辞赋类者，风雅之变体也㉗。楚人最工为之，盖非独屈子而已。余尝谓《渔父》及《楚人以弋说襄王》《宋玉对王问遗行》，皆设辞无事实，皆辞赋类耳。太史公、刘子政不辨，而以事载之，盖非是。辞赋固当有韵，然古人亦有无韵者，以义在托讽，亦谓之赋耳。汉世校书有《辞赋略》㉘，其所列者甚当。昭明太子《文选》㉙，分体碎杂，其立名多可笑者。后之编集者，或不知其陋而仍之。余今编辞赋，一以汉《略》为法。古文不取六朝人，恶其靡也㉚。独辞赋则晋宋人犹有古人韵格存焉。惟齐梁以下，则辞益俳而气益卑㉛，故不录耳。

哀祭类者，《诗》有颂，风有《黄鸟》《二子乘舟》㉜，皆其原也。楚人之辞至工，后世惟退之、介甫而已。

凡文之体类十三，而所以为文者八：曰神、理、气、味、格、律、声、色㉝。神、理、气、味者，文之精也㊆；格、律、声、色者，文之粗也㊄。然苟舍其粗，则精者亦胡以寓焉？ 学者之于古人，必始而遇其粗，中而遇其精，终则御其精者而遗其粗者㊅。 文士之效法古人，莫善于退之，尽变古人之形貌，虽有摹拟，不可得而寻其迹也。其他虽工于学古，而迹不能忘，扬子云、柳子厚于斯㊆，盖尤甚焉，以其形貌之过于似古人也。 而遽摈之㊇，谓不足与于文章之事㊈，则过矣，然遂谓非学者之一病，则不可也。

乾隆四十四年秋七月。 桐城姚鼐纂集序目。

---

① 姜坞先生：姚鼐伯父姚范，字南青，号姜坞，安徽桐城人，进士出身。与刘大櫆友善，承受方苞的文论主张，对姚鼐影响颇大。刘南耕：刘大櫆，字耕南，号海峰。见《刘海峰先生八十寿序》注。 ② 当：得当，指合乎文章义法。 ③ "如衣食"句：像衣服食物一样被世人看重，比喻受到时世的重视。释：舍弃。 ④ 敝弃：抛弃。 ⑤ 容：容或，或许。 ⑥ 论说：《古文辞类纂》中对所选文章有评点，以宣扬桐城派的文学观点。 ⑦ 书说：文体名。书，即信札。说，指当面辩论的言辞记录。 ⑧ 箴铭：文体名。箴是规戒性的韵文。铭是古代刻在器物上或碑石上称颂功德或申明鉴戒的韵文。 ⑨ 哀祭类：为死者写的哀辞或祭文等。 ⑩ 诏：告诉。 ⑪ 道：指儒家思想体系。 ⑫ 老：老子，春秋时思想家，有《老子》一书。庄：庄子，

名周,战国时思想家。继承和发展了老子的道家学说,有《庄子》一书。　⑬ 贾生:贾谊。　⑭ 明允:苏洵,字明允。苏、张之流:苏秦、张仪等纵横家。纵横家的言论见于《战国策》,而苏洵的散文风格类似于《战国策》,故言。　⑮ 年为之也:寿命使得他如此。柳宗元只活了四十七岁,姚鼐认为柳宗元的文章没有达到"至善",是因为他死得太早了,如果他寿命长,文章将会达到"至善"的境地。年:天年,寿命。　⑯ 昔前圣作《易》:传说《周易》中的卦爻为伏羲所画,卦辞、爻辞为周公所作。　⑰ "孔子为作"句:相传《周易》中的《系辞》《说卦》《文言》《序卦》《杂卦》等为孔子所作。见《史记·孔子世家》。　⑱《诗》《书》皆有序:《诗经》序分"大序"和"小序"。唐代陆德明认为首篇《关雎》序中总论全集的部分为"大序",各首诗的序为"小序"。相传"大序"为子夏所作,"小序"为子夏、毛公合作。《尚书》序,《汉书·艺文志》认为是孔子所作。　⑲ "而《仪礼》"句:《仪礼》又称《礼经》或《士礼》,儒家经典之一。相传为周公所作,孔子修订。共十七篇,十三篇有"记"。　⑳《庄子·天下》篇:郭象注《庄子》,认为《天下》篇是庄子的自序,以说明写书的目的。《荀子》末篇:指《大略》以下六篇。杨倞注《荀子》,认为后六篇是荀况的弟子所作。　㉑《表》《志》序论:司马迁《史记》中有《三代世表》等十表,各表均有序。欧阳修《新五代史》各《志》均有论。　㉒ 向:刘向,原名更生,字子政,汉高祖弟楚元王四世孙。汉成帝时,任光禄大夫,校阅经传诸子诗赋等书籍,写成《别录》一书。歆:刘歆,见《答申谦居书》注。奏:进奉。　㉓ 概:梗概,大略。　㉔ 唐:传说中尧为首领的远古时期。虞:传说中继唐尧之后的时代,舜为其首领。三代:指夏、商、周三个朝代。　㉕ 谊:义。指文章的内容。　㉖《谟》《诰》:《尚书》中有

《皋陶谟》《康王之诰》等名篇。　㉗《春秋》内、外传：《春秋》内传指《春秋左氏传》，外传指《国语》。　㉘封事：古时臣下上书君主奏事，防有泄漏，用袋封缄，称为封事。　㉙对策：汉代被荐举或参加科举的人对答皇帝有关政治、经义的策问叫"对策"，后代也有用这种方法取士的。　㉚"两苏"句：指苏轼、苏辙兄弟参加制举考试时关于时务问题写的对策。《古文辞类纂》选苏轼《对制科策》等十二篇，选苏辙《君术策》等四篇。制举：以制科取士。制科是朝廷临时设立的录用人才的考试。　㉛周公：周武王之弟，姬姓，名旦，西周初年政治家。因采邑在周（今陕西岐山北），故称为周公。曾助武王灭商。武王死后，成王年幼，由他摄政。相传儒家推崇的礼、乐、典章制度多是他制定的。召（shào）公：周代燕国的始祖，名奭。因采邑在召（今陕西岐山西南），故称为召公或召伯。曾佐武王灭商，后封于燕，成王时任太保。　㉜君奭（shì）：《尚书》篇名。据《史记》记载，成王即位时年纪尚幼，周公摄政，召公怀疑周公谋夺君位，周公便作《君奭》以明之。奭：召公的名字。　㉝遗（wèi）：赠送。　㉞说（shuì）士：游说之士。战国时代的策士，周游各国，向统治者陈说形势，提出政治、军事、外交方面的主张，以求取高官厚禄。　㉟说（shuì）：劝说别人，使其听从自己的意见。　㊱委质：古代臣下初次拜见君主时献礼，表示献身。质：通"贽"，初次拜见尊长时带的礼物。㊲颜渊：名回，字子渊，孔子最得意的学生。子路：仲由，字子路，孔子的学生。相违：分别。　㊳处：对待，这里是相互勉励之意。㊴"梁王"二句：《战国策·魏策二》载，梁王魏婴在范台宴请诸侯，酒酣，请鲁君举杯，鲁君起立进言说，酒、味、色、高台，有一样就足以亡国，而梁王兼此四者，应引以为戒。梁王称善。觞（shāng）：向人敬酒或劝饮。 ㊵ 昌黎：韩愈籍贯昌黎，人称韩昌黎。 ㊶ 考：称已去世的父亲。 ㊷《誓》《诰》：《尚书》有《甘誓》《汤誓》《汤诰》等篇目。“誓”是君主出战前的誓词，“诰”是君王有大事时向臣民作的说明。 ㊸ 昭：昭明，这里是使动用法。 ㊹ 肃：肃敬，这里是使动用法。 ㊺ 悦：使动用法，使……愉悦。三军：春秋时周王朝设六军，大诸侯国设上、中、下三军。 ㊻ 逮：及，赶得上。 ㊼ 檄令：古代朝廷官府用以征召、晓谕或声讨的文书。 ㊽《鳄鱼文》：即《祭鳄鱼文》。韩愈为潮州刺史时，当地鳄鱼为害，韩愈作此文讨之。 ㊾ 史氏：指史官。 ㊿ 刘先生：刘大櫆。 (51)“凡为”句：都是为泥瓦匠、种树的等下等平民作传而已。凡：都。圬者：泥瓦匠。韩愈曾作《圬者王承福传》。种树：柳宗元曾作《种树郭橐驼传》。 (52) 行状：文体名，也称“状”“行述”。是记述死者世系、籍贯、生卒年月和生平概略的文章。 (53) 实录：中国历代所修的每个皇帝统治时期的编年大事记。 (54) 撮序：摘要记述。 (55) 赐谥：人臣死后皇帝赐与谥号。谥：古代帝王及官僚死后，根据死者生前的事迹、业绩所给予的表示褒贬的称号。死事：为国家之事而死。 (56)《毛颖传》：韩愈以诙谐的笔调所写的一篇文章，评述笔的历史及功用。毛颖：笔的别名。(57)“碑志”四句：碑志是刻于钟、鼎、石上用于歌功颂德的文字，而《诗经》中的颂诗大都是歌功颂德的，故云。 (58) 石鼓刻文：刻在石鼓上的文字。石鼓于唐初在天兴（今陕西宝鸡）被发现。刻文为四言诗，歌颂秦国国君游猎盛况。字体用大篆。唐代人认为是周文王或周宣王时制作的，现在一般认为是秦始皇之前的秦国刻石。 (59) 秦刻石：秦始皇统一中国后，数次东巡，所到之处都刻石留念。巡狩：帝王视察地方。 (60) 秦刻琅邪（yá）：指《琅邪刻石》，是秦始皇东巡所刻,颂辞后有序文。琅邪:春秋时齐国地名,在山东胶南琅邪台西北。　㉑"茅顺甫"句:茅坤,字顺甫,号鹿门,浙江归安人。明代散文家,与王慎中、唐顺之、归有光等被称为"唐宋派"。茅坤曾说韩愈的碑志写得奇崛险谲,不合《史记》《汉书》的叙事之法。见《唐宋八大家文钞·论例》。韩文公:韩愈死后谥号"文",故世称韩文公。史迁:指司马迁。　㉒圹(kuàng):墓穴。　㉓欧阳公不能辨:欧阳修的文集中,碑志类里分"神道碑铭""墓表""墓志铭""墓碣",没有辨明志和铭的关系。　㉔"柳子厚"三句:柳宗元有《陪永州崔使君游宴南池序》《序饮》等记事小文。　㉕张子:张载,字子厚,北宋著名哲学家,人称横渠先生。　㉖几:将近,接近。　㉗风雅:指《诗经》中的国风和大小雅。　㉘"汉世校书"句:汉刘向、刘歆父子总校群书,刘歆著《七略》,中有"诗赋略",包括辞赋与歌诗两类,这里单指辞赋部分,所以称"辞赋略"。　㉙昭明太子:萧统,字德施,南朝梁武帝长子,立为太子,未及即位而死。谥昭明,也称昭明太子。以编辑《文选》留名后世。《文选》:世称《昭明文选》,选录先秦至梁的诗文辞赋共七百余篇,分为三十八类。　㉚靡:华丽。　㉛俳(pái):讲究字句工巧、对偶声律的文体叫俳。此指讲求字句的工致,看重对偶声律。　㉜《黄鸟》《二子乘舟》:分别见《诗经》的《秦风》和《邶风》,都是哀悼死者的诗。　㉝神、理、气、味、格、律、声、色:这些概念的定义并不十分明确,大致分别指文章的精神思想、义理、气势、情味、格式、韵律、声调以及辞藻色彩。　㉞精:谷物去皮的米粒。这里指内容。神、理、气、味是贯穿于文章之中起决定作用的东西,是内容方面的标准,大约相当于方苞"义法"中的"义",故谓之"精"。　㉟粗:谷物的外壳表皮,即糠秕。这里指形式。格、律、声、色是文章的外部形式和表达技巧方面的标准,形式是从属于内容的,故谓之"粗"。　⑯御:驾驭,掌握。遗其粗:遗弃形式方面的东西。　⑰扬子云:扬雄字子云。　⑱摈(bìn):排斥,弃绝。　⑲与于:参与,在其中。文章之事:意思是用作文章的榜样,进行学习。

翻译

　　我年轻时跟随伯父姜坞先生和同乡刘耕南先生,学得写作古文的法则,略为探究过其中的内涵,但没有深入学习。后来在外地做官几十年,更没有闲暇,只是将小时候所学的东西放在心里琢磨而已。乾隆四十年,因病请求辞官归家,此前伯父已经去世,见不到了;刘先生已八十高龄,特别健谈,每次见面都必定要讨论古文。又过了两年,我来到扬州,有些年轻后学跟着我请问学习古文的方法。其实文章无所谓古和今,只是要求得当罢了。文章得当,那么从六经到现在的文章,它们在为道而作这一点上,全是一样的。懂得了它们得当的原因,那么即使和古代相去甚远,但取法于现在的文章,也就会发现它们如同衣服食物一样不能丢开。不懂得它们得当的原因,而被时世所抛弃,那么就保存一家之言,以留给后来人,或者还能等待知音。

　　因此,我把自己学习研讨过的古代文章辞赋,依次编辑评说为《古文辞类纂》。共分为十三类:论辨类、序跋类、奏议类、书说类、赠序类、诏令类、传状类、碑志类、杂记类、箴铭类、颂赞类、辞赋类、哀祭类。一类之中作用不同的,又分别为上下编。

论辨这一类，大概起源于古代诸子，他们各以自己所学著书宣告后世。孔子、孟子的学说和文章，是最好的。自老子、庄子以下，学说有正确与不正确的，文章有写得好与写得差的。现在先秦诸子百家的文章概不选录，选录从贾谊的文章开始。大约韩愈论著，取法于六经、《孟子》；柳宗元取法韩非子、贾谊；苏洵则杂取苏秦、张仪之流；苏轼则兼取《庄子》。学得最好的，精神风貌相合；学得好但不是最好的，形体外貌保存。可惜柳宗元的才能，可以成为学得最好的，然而没能达到最好，这是寿命造成的。

序跋这一类，古代的前辈圣人作《易》，孔子为它作《系辞》《说卦》《文言》《序卦》《杂卦》的阐述，以推论它的根本原始，发扬光大它的意义。《诗经》《尚书》都有序，而《仪礼》的篇目后都有记，这些都是儒家学者所作。其他诸子，有的作自序说明写作旨意，有的由弟子写成，如《庄子·天下》篇、《荀子》的末尾数篇都是这种情况。我编纂排列这部《古文辞类纂》，不载录史书中的传记，因为它们多得不能录进来。只选载司马迁、欧阳修《表》《志》的序论各几篇，因为这些是序里面写得最好的。刘向、刘歆父子进奏所校各书都有序，这些序现在没有全部留传下来；留传下来的有的又是伪作，现在存录刘向的《战国策序》一篇，以显示其大概。后来各家为书目写的序，只有曾巩的最好。

奏议这一类，大概是唐尧、虞舜及夏、商、周三代圣贤向其君王陈述建议的言辞，《尚书》中都载录了。周朝衰微后，各诸侯国臣子为国家出谋划策的奏议，义理忠诚而文辞优美，都是秉承

《谟》《诰》的传统,学者大多诵读它们。其中载于《春秋》内传与外传的,本书不选录,只选录战国以下的。汉代以来有表、奏、疏、议、上书、封事等不同名称,其实都是一类。只有对策虽然也是臣下敬告君主的言辞,但体制稍有区别,故编排在下编。苏轼、苏辙两兄弟参加制科考试时进献的时务策论,又附录在对策之后。

　　书说这一类,从前周公告知召公,有《君奭》篇。春秋时代,各诸侯国的士大夫有的当面相告,有的写信寄送,它们的意义是一样的。战国时代的游说之士在敬奉赞礼委身为臣的时候劝说他们的君主,这类文辞编入奏议类;如果他们已经离开了所属国家,或者是对别国君主加以游说,这类文辞就归入书说类这一编。

　　赠序这一类,老子说过:"君子用言语来赠送人。"颜渊和子路分别,就是互相赠言来勉励对方。梁王在范台宴请诸侯,鲁国国君选择言辞劝说梁王,以表示尊敬爱护、陈述忠告的意思。唐代初叶赠人言辞,开始命名为"序",写的人也很多。到了韩愈,便领会到了古人的用意,所写的赠序远远超过前后的作者。苏洵的父亲名"序",所以苏氏避讳"序"字,有的赠序叫"引",有的叫"说"。现在全部根据它的体制,把它们编在这一编。

　　诏令这一类,起源于《尚书》的《誓》《诰》。周代衰微后,文诰还存在,其作用是宣告阐明周王朝的法度,使强大的诸侯敬肃天子;在下述方面,对文诰还是有所依赖:使人心悦服胜过拥有三军之众。秦王朝最无道,但文辞却很雄伟。汉朝到文帝、景帝时的诏告,内容和文辞都很优美了,后代没有赶得上的。东汉光武帝以后，君主发布诏令，虽然用意很好，但文辞气势是多么衰微薄弱啊。檄令都是晓谕在下者的言辞，韩愈的《祭鳄鱼文》，也属于檄令一类，所以都附录于这一编。

传状这一类，虽然起源于史官，但含意并不相同。刘先生说："古代写达官名人传的事，由史官负责；文人们作传，都是写泥瓦匠、种树者之流罢了。所写的人地位变得稍稍显贵后，就不应当为他作传，而是为他写行状，上报史官罢了。"我认为先生的话是正确的。虽然如此，但是古代的国史立传，并不是很受官品地位的限制，而所记载的事迹尤其详细；另外，实录中写到某个臣子死去，必定摘要叙述他平生贤良与否。现在实录不记载臣下的事迹，史馆修传，凡不是赐了谥号或为国事而死的官员，不能立传。乾隆四十年，规定一品官才赐与谥号。这样，史书中立传的也就没有多少了。我选录古代的传状文章，同时也把这些涵义记下来，以便后代的文士能够区别这一点。韩愈的《毛颖传》是一篇诙谐文章，文体属于传，所以也附在这里。

碑志这一类，这种文体源于《诗经》中的颂诗，也是歌功颂德，只是用来铭刻在金石上面。周代有石鼓刻文，秦始皇在巡狩经过的地方刻石留文，汉代作碑文又加上序。加序的体式，秦代的琅邪刻石都载录了。茅坤讥笑韩愈的碑序和司马迁不一致，这不是有识之论。刻在金石上的文章，自然与史家的体制不同，像韩愈写文章，难道一定以效法司马迁为好吗？志即标记，或者在墓上立碑石，或者把它埋在墓穴中，古代人都叫做志。给墓志作铭，是用来识别墓碑的文字,但又担心人们见了还不完全明白,所以又写上序。世人有的认为碑石立在墓上,叫碑、叫表;埋在墓穴中,就叫志。待到把志和铭分为二类,单独把前面的序叫做志,都是不明其义,大概从欧阳修开始就不能分别了。本书中墓志文章选录得最多,所以分为上下编。

杂记这一类,也是属于碑文一类。碑文主要在于称颂功德,记则所记的事情有大有小,立意也各不相同,所以有作序和铭诗全用碑文体的,又有用来记事而并不刻于石上的。柳宗元的记事小文,有的叫做"序",但实际上都属于记一类。

箴铭这一类,夏商周三代以来就有了这种文体。圣贤用来表达自我警戒的意义,它们的文辞最为质朴而含义最为深刻。如张载作《西铭》,难道只是它的哲理完美吗?其文采自然也是不容易达到的。

赞颂这一类,也是由《诗经》中颂诗发展而来的,只是不一定铭刻在金石之上。

辞赋这一类,是《诗经》中国风、大小雅的变体。楚国人写得最好,恐怕并不是屈原一个人啊。我曾经说过,《渔父》以及《楚人以弋说襄王》《宋玉对楚王问遗行》,都是假托之辞,并不是实有其事,都属于辞赋类。司马迁、刘向不明白这一点,把它们当作实有其事来记载,大概是不对的。辞赋固然应该有韵,但古人也有不用韵的,因为立意在于托辞讽谏,这也叫做赋。汉代校书有《辞赋略》,其中所收到的都很恰当。昭明太子的《文选》,分类太琐细芜杂,设立的名目很多十分可笑。后代编辑文集的,有些人不懂得《文选》编排的浅陋,还照着它的体例去做。我现在编辞赋部分,完全以汉代的《辞赋略》为标准。古文不选用六朝人的,因为讨厌他们的文章写得太华丽。唯独辞赋,晋宋时代的人却还保存着古人的声韵格律。只是齐梁以后,文辞越讲究工致,文气越发卑下,所以不予选录。

哀祭这一类,《诗经》中有颂诗,国风中有《黄鸟》和《二子乘舟》,都是它的最早起源。楚人的哀祭文章写得最好,后代写得好的只有韩愈和王安石。

文章的体裁共十三类,而写文章的要求有八个方面,叫做神思、义理、气势、情味、格式、韵律、声调、藻饰。其中神思、义理、气势、情味是文章的内容。格式、韵律、声调、藻饰是文章的形式。但如果舍弃了形式,那么内容怎么依存呢?读书人学习古人的东西,必然是先接触它们的形式,进而接触它们的内容,最后是掌握它们的内容而遗弃它们的形式。文士效法古人,没有谁超过韩愈;韩愈完全改变古人的形式,即使是摹仿,也看不出摹仿的痕迹。其他人虽然很善于学习古人,但摹仿的痕迹也不能没有。扬雄、柳宗元在这方面尤其突出,因为他们的文章形式面貌太像古人。然而一下子排除他们的文章,认为它们不值得列入文章的范本,那也太过分;但如果说这不是学做文章人的一种弊病,那也是不可以的。

乾隆四十四年秋七月。桐城姚鼐纂集序目。

刘海峰先生八十寿序

刘大櫆,字才甫,一字耕南,号海峰,安徽桐城人。一生在官场上不得志,仅做过安徽黟县教谕。文章以才气著称,曾受到方苞的极力推重。姚鼐曾从其学古文。这一篇祝寿的赠序文,叙述方苞、刘大櫆和作者的师承关系,旨在说明桐城派的发展历史。它是姚鼐明确打出"桐城派"文学旗号的一篇重要文章,作于姚鼐四十五岁左右。其时,正是他弃官后在扬州主持书院、广收门徒、大唱桐城古文的时候,也是他文名为世所重、创作最丰富的时期。文章借他人之口,明确提出了"天下文章,其出于桐城乎"的口号,颇示天下文章桐城为宗之势,并宣称桐城"儒士兴,今殆其时矣"。因此,本文是我们了解姚鼐文论思想、了解整个桐城派的历史渊源的重要资料。

曩者鼐在京师①,歙程吏部、历城周编修语曰②:"为文章者,有所法而后能,有所变而后大。维盛清治迈逾前古千百,独士能为古文者未广。昔有方侍郎③,今有刘先生,天下文章,其出于桐城乎?"鼐曰:"夫黄、舒之间④,天下奇山水也,郁

千余年，一方无数十人名于史传者。独浮屠之俊雄⑤，自梁陈以来⑥，不出二三百里，肩背交而声相应和也⑦。其徒遍天下，奉之为宗。岂山川奇杰之气，有蕴而属之邪？夫释氏衰歇⑧，则儒士兴，今殆其时矣。"既应二君，其后尝为乡人道焉。

鼐又闻诸长者曰：康熙间，方侍郎名闻海外。刘先生一日以布衣走京师⑨，上其文侍郎。侍郎告人曰："如方某，何足算邪！邑子刘生，乃国士尔。"闻者始骇不信，久乃渐知先生。今侍郎没，而先生之文果益贵。然先生穷居江上，无侍郎之名位交游，不足掖起世之英少，独闭户伏首几案，年八十矣，聪明犹强⑩，著述不辍，有卫武懿诗之志⑪，斯世之异人也已。

鼐之幼也，尝侍先生，奇其状貌言笑，退辄仿效以为戏。及长，受经学于伯父编修君⑫，学文于先生。游宦三十年而归，伯父前卒，不得复见，往日父执往来者皆尽⑬，而犹得数见先生于枞阳。先生亦喜其来，足疾未平，扶曳出与论文，每穷半夜。今五月望，邑人以先生生日为之寿，鼐适在扬州，思念先生，书是以寄先生，又使乡之后进者闻而劝也。

① 曩(nǎng)：以往，从前。　② 程吏部：程晋芳，字鱼门，安徽歙县人。曾任吏部主事，和姚鼐同为《四库全书》编修。周编修：周永年，字书昌，山东历城人，与姚、程同为《四库全书》编修。　③ 方侍郎：即方苞。方苞于乾隆时官礼部侍郎。　④ 黄、舒：黄山和舒城。桐城在黄山、舒城之间。　⑤ 浮屠：梵文 Buddha 的音译，佛教徒对释迦牟尼的称呼，也就是佛。这里指佛教徒。　⑥ 梁陈：梁朝和陈朝，是南北朝时期南朝的两个朝代。　⑦ "肩背交"句：人肩挨着背，声音互相应答，形容人很多。　⑧ 释氏：释迦牟尼，这里指佛教。⑨ 布衣：平民。旧时也多用来指没有做官的读书人。　⑩ 聪明：指视听能力。耳灵为聪，视力好为明。　⑪ 卫武懿诗：相传《诗经·大雅》中的《抑》篇是春秋时卫武公晚年为警策自己而作的。懿(yì)：美好。　⑫ 伯父编修君：姚鼐伯父姚范曾任编修官。　⑬ 父执：父亲的朋友。

翻译

从前我在京师，歙县程吏部、历城周编修对我说："写文章有了效法的典范，然后具有写作才能；有了变化发展，然后才能发扬光大。大清王朝太平安定，超过前代千百倍，唯独能写古文的人不多。从前有方侍郎，现在有刘先生，天下的文章，恐怕都是出自桐城啊！"我说："黄山和舒城之间，是天下杰出的山水，繁盛一千多年，这个地方没有几十个在史传中留下名字的人。只有佛门中的俊杰雄才，从梁陈以来，不出二三百里的范围，是肩挨着背，声音应答，很多很多。他们的弟子遍布天下，都奉他们为宗师。岂非山川积蓄的奇特雄杰的气运，本有蕴藉而归属他们吗？佛教衰落，儒士就兴盛起来，现在大概是时候了。"我用这样的话回答了他们两位，后来也曾经对同乡说过这话。

我又从前辈那里听说：康熙年间，方侍郎闻名海外。刘先生有一天以布衣的身份到京师，把自己的文章敬呈给方侍郎，方侍郎读后告诉别人说："像我，能算什么呀！我们同乡的年轻人刘生，才是国家的杰出人物。"听的人开始很吃惊，不相信，时间长了便渐渐知道先生了。现在方侍郎已去世，而先生的文章果然愈加贵重。然而先生窘困江上，没有侍郎那样的名声地位和广泛的交游，不足以扶植天下的英才后辈，只能独自关起门来，埋头书案写作，八十岁了，耳聪目明还那样强健，不停止著书立说，大有卫武公晚年作诗的志愿，这是世间少有的人了。

我小时候，曾经侍奉先生，觉得他的长相容貌、言笑举止很奇怪，回家后常摹仿先生当做游戏。长大后，跟从伯父编修君学经学，跟从先生学写文章。在外地做了三十多年的官回来，伯父已先去世，不能再见到了；先前和父亲有来往的长辈都去世了，但还能常常在枞阳城见到先生。先生也很喜欢我来，腿有病没好，便让人牵扶着出来和我谈论文章，每每谈到半夜。今年五月十五日，乡里人为先生的生日祝寿，我恰好又在扬州，思念先生，写上这些寄给先生，同时也使同乡的后辈读书人，听了这些后更加努力学习。

答翁学士书

　　翁方纲,字正三,号覃溪,晚年号苏斋,直隶大兴(今属北京市)人。官至内阁大学士,故称翁学士。本文是作者回复翁方纲的信,着重讨论了为文之道。作者认为,作诗作文,首先必须有好的立意,必须能体现自己的精神气质,即要以"意"和"气"为统帅。有了"意"和"气"作主宰,诗文才能有个性特色,挥洒自如,流传千古。否则,只是堆砌辞藻。同时,作者强调手法灵活而反对一成不变的"定法";主张诗文应"因乎意与气而时变";在学习古人时应"取其善以为师",而不应拘泥于一家之说。本文是反映姚氏文学理论思想的代表作之一。

　　鼐再拜①,谨上覃溪先生几下②。昨相见承教,勉以为文之法;蚤起又得手书③,劝掖益至④,非相爱深,欲增进所不逮⑤,曷为若此?鼐诚感荷不敢忘⑥。虽然⑦,鼐闻今天下之善射者,其法曰:平肩臂,正胺⑧,腰以上直,腰以下反句磬折⑨,支左诎右⑩,其释矢也⑪,身如槁木⑫。苟非是,不可以射。师弟子相授受,皆若此而已。

及至索伦、蒙古人之射⑬,倾首,欹肩⑭,偻背⑮,发则口目皆动,见者莫不笑之。然而索伦、蒙古之射远贯深而命中⑯,世之射者,常不逮也。然则射非有定法,亦明矣。

夫道有是非⑰,而技有美恶⑱。诗文,皆技也。技之精者,必近道。故诗文美者,命意必善。文字者,犹人之言语也。有气以充之⑲,则观其文也,虽百世而后,如立其人而与言于此;无气,则积字焉而已⑳。意与气相御而为辞㉑,然后有声音节奏高下抗坠之度㉒,反复进退之态㉓,采色之华。故声色之美,因乎意与气而时变者也。是安得有定法哉?

自汉、魏、晋、宋、齐、梁、陈、隋、唐、赵宋、元、明及今日,能为诗者殆数千人,而最工者数十人。此数十人,其体制固不同,所同者,意与气足主乎辞而已。人情执其学所从入者为是㉔,而以人之学皆非也。及易人而观之,则亦然。譬之知击棹者欲废车㉕,知操辔者欲废舟㉖,不知其不可也。鼐诚不工于诗,然为之数十年矣。至京师,见诸才贤之作不同,夫亦各有所善也。就其常相见者五六人,皆鼐所欲取其善以为师者。虽然,使鼐舍其平生而惟一人之法,则鼐尚未知所适从也。

承先生吐胸臆相教㉗,而鼐深蓄所怀而不以陈,是欺也㉘,窃所不敢。故卒布其愚㉙,伏惟谅察㉚。

---

① 再拜:一拜后又一拜。这是旧时书信中的礼貌用语,表示敬意。 ② 几下:这是一种尊敬的说法,意谓自己的信只能谨致于对方的案几之下。 ③ 蚤:通"早"。 ④ 劝掖(yè):鼓励帮助。劝:勉励,鼓励。掖:扶助。 ⑤ 所不逮:指尚未达到的学问。逮:达到。 ⑥ 感荷:意谓承受恩惠情意而感谢。 ⑦ 虽然:虽然这样。虽和然是两个词。虽:虽然。然:如此,这样。 ⑧ 脰(dòu):颈项、脖子。 ⑨ 反句(gōu)磬(qìng)折:向后弯曲像石磬一样。句:"勾"的古体,弯曲。磬折:像石磬那样弯曲。 ⑩ 诎(qū):通"屈"。 ⑪ 释矢:放箭,把箭射出去。 ⑫ 槁木:枯槁的树干。 ⑬ 索伦:中国少数民族名,即鄂温克族,主要分布在内蒙古和黑龙江地区,历史上因居住地不同,分别称为通古斯、雅库特或索伦。 ⑭ 欹(qī):倾斜。 ⑮ 偻(lǚ):脊背弯曲。 ⑯ 贯深:穿透目标很深。形容箭射得有力。 ⑰ 道:古代的一个哲学概念。虽然各家对"道"的阐述不同,但一般都把"道"看作是形而上的东西,是一种规律和准则。 ⑱ 技:技巧,这里指形而下的东西,是与"道"相对的概念。 ⑲ 气:中国古代的一个哲学概念。古人认为气是构成世界万物的本原,所以古代文学

家、文艺理论家借用之而提出"文气"之说。姚鼐这里所说的"气",也是指一种构成诗文本质的东西,即能体现作者胸怀气质的东西。充:充实,这里是主宰、统帅的意思。 ⑳积字:堆积字眼、词句。 ㉑相御:互相起作用。御:驾御。 ㉒抗坠:指音节的抑扬顿挫。抗:高扬。坠:低落。 ㉓反复进退:指文章的曲折起伏变化。 ㉔执:拿着、握住,这里是执着拘泥的意思。 ㉕击棹(zhào)者:驾船的人。棹:摇船的用具,就是桨。 ㉖操辔(pèi)者:驾车的人。辔:驾驭牲口的缰绳。 ㉗胸臆:心胸,胸怀。这里指发自内心的诚心实意的话。 ㉘欺:欺骗,这里是不诚实的意思。 ㉙卒布其愚:终于说出自己的愚见。卒:终于。布:铺陈,这里是公布、陈述之意。愚:指愚陋的见识,这是一种自谦之词。 ㉚伏惟:旧时常用为下对上有所陈述时表示敬意的礼貌语。

翻译

鼐再拜,谨上覃溪先生几下。昨天相见,承蒙您的教诲,用作文章的方法勉励我;今早起来又收到您亲手写来的信,鼓励帮助更加周到,不是非常爱护我,希望我在文章方面得到长进,怎么会如此关怀呢?我确实感激厚望,不敢忘怀。虽然如此,但我听说现在天下擅长射箭的人,他们的方法是:肩膀放平,脖子摆正,腰以上挺直,腰以下像石磬一样向后弯曲,左腿支撑,右腿弯曲;将箭发射出去的时候,身体一动不动像枯槁的树干一样。如果不是这样,就不能射箭。老师弟子之间递相传授,都是这样而已。至于索伦人、蒙古人射箭,歪着头、斜着肩、弓着背,发射的时候嘴和眼睛都动,看到的人没有不笑他们的。然而索伦人、蒙古人却射得远、射得深、射得准,世上射箭的人,往往比不上。那么,射箭没有固定的法规,也就很明白了。

道有正确的,有不正确的,技巧有高明的,有不高明的。诗文,都是技巧。技巧精妙的一定和道相近。所以诗文作得好的,命意一定很好。文字,如同人的语言。如果有精神气质充实其中,那么看他的文章,即使千百年之后,也会觉得像这个人站在这里跟他说话一样;没有精神气质,就只是堆砌字句而已。文章和文气互相制约而成为文辞,然后才会有声音节奏高低起伏的法度、反复进退的姿态、色彩斑斓的光华。所以声韵藻色的美,都是适应意和气而随时变化的。这样怎么可能会有固定的法则呢?

从汉、魏、晋、宋、齐、梁、陈、隋、唐、赵宋、元、明一直到现在,能够作诗的恐怕有数千人,而诗作得最好的,不过几十人。这几十人,他们的诗文体制固然各不相同,所相同的地方,不过是意和气能足以统帅文辞罢了。人之常情都执着于自己入门学习的东西,以为它们是正确的,而认为别人所学的都是不正确的。如果换上别人来看,也会是这样的。譬如会划船的人希望废除车马,会驾驭车马的人希望废除船只,却不知道这是不可以的。我确实不擅长于写诗,但作诗也有几十年了。到京师,看到各位才士贤者的诗作各不相同,也各有各的长处。就是那经常见面的五六个人,都是我希望能吸取他们的长处而以之为师的。虽然这样,但

答翁学士书

要让我舍弃我平生所掌握的东西而仅仅去效法一个人,那我还不知道要去跟从效法谁。

承蒙您倾吐出心中的话教诲我,因而我如果把自己的想法深藏着不陈述出来,那是欺谩,我不敢那样做。所以终于说出自己的愚见,恳请您体谅明察。

复鲁絜非书

鲁絜非,名九皋,原名仕骥,字絜非,号山木居士。江西新城人。进士出身。曾向姚鼐求学古文之法。这封信主要讨论文章风格的问题。作者根据儒家传统的大自然造物观念,将文章风格分为阳刚与阴柔两大类,并分析了两种风格的文章各自不同的特色。文章认为,阳刚之美并不是不备阴柔,阴柔之美亦不能不备阳刚。应该两者结合,阴阳综备,刚柔相济,只能有所"偏胜",但不能"一有一绝无"。刘勰曾经指出:"然文之任势,势有刚柔,不必壮言慷慨,乃称势也。"(《文心雕龙·定势》)又说:"情理设位,文采行乎其中。刚柔以立本,变通以趋时。"(《镕裁》)姚鼐的文章风格论,正是继承和发展了刘勰以刚柔论文的理论。文章还进一步指出,阴阳结合,以生万物,"夫文之多变,亦若是已",认为文章的风格应顺乎天地之道,更应因时因人而"各有宜"。能得阴阳刚柔之精英的文章,才是"文之至者"。这种文章,"通乎神明,人力不及施也"。而"陈理义必明当,布置取舍、繁简廉肉不失法,吐辞雅训,不芜而已"的文章,虽不可多得,但还不是文章的最高水平,所以"只以义法论文,则得其一端而已"(《与陈硕士》)。这就大大丰富了方苞的"义法"说,在文论史上占有重要的地位。

桐城姚鼐顿首，絜非先生足下。相知恨少，晚遇先生。接其人，知为君子矣；读其文，非君子不能也。往与程鱼门、周书昌尝论古今才士①，惟为古文者最少。苟为之，必杰士也，况为之专且善如先生乎！辱书引义谦而见推过当②，非所敢任。鼐自幼迄衰，获侍贤人长者为师友，剽取见闻，加臆度为说③，非真知文、能为文也，奚辱命之哉④？盖虚怀乐取者，君子之心；而诵所得以正于君子，亦鄙陋之志也。

鼐闻天地之道，阴阳刚柔而已。文者，天地之精英，而阴阳刚柔之发也。惟圣人之言，统二气之会而弗偏。然而《易》《诗》《书》《论语》所载，亦间有可以刚柔分矣，值其时其人告语之体，各有宜也。自诸子而降，其为文无有弗偏者。其得于阳与刚之美者，则其文如霆，如电，如长风之出谷，如崇山峻崖，如决大川，如奔骐骥；其光也，如杲日⑤，如火，如金镠铁⑥；其于人也，如凭高视远⑦，如君而朝万众，如鼓万勇士而战之。其得于阴与柔之美者，则其文如升初日，如清风，如云，如霞，如烟，如幽林曲涧，如沦⑧，如漾⑨，如珠玉之辉，如鸿鹄之鸣而入廖廓⑩；其于人也，漻乎其如叹⑪，邈乎其如有思，暖乎其如喜，愀乎其如悲⑫。观其文，讽其音，则为文者之性情形状，举以殊焉。

且夫阴阳刚柔，其本二端，造物者糅，而气有多寡进绌⑬，则品次亿万，以至于不可穷，万物生焉。故曰："一阴一阳之为道。"⑭夫文之多变，亦若是已。糅而偏胜可也，偏胜之极，一有一绝无，与夫刚不足为刚，柔不足为柔者，皆不可以言文。今夫野人孺子闻乐，以为声歌弦管之会尔；苟善乐者闻之，则五音十二律⑮，必有一当⑯，接于耳而分矣。夫论文者岂异于是乎？宋朝欧阳、曾公之文，其才皆偏于柔之美者也。欧公能取异己者之长而时济之，曾公能避所短而不犯。观先生之文，殆近于二公焉。抑人之学文⑰，其功力所能至者，陈理义必明当，布置取舍，繁简廉肉不失法⑱，吐辞雅训，不芜而已。古今至此者，盖不数⑲数得，然尚非文之至。文之至者，通乎神明，人力不及施也。先生以为然乎？

惠寄之文，刻本固当见与，钞本谨封还。然

钞本不能胜刻者,诸体以书、疏、赠序为上,记事之文次之,论辨又次之。 鼐亦窃识数语于其间[20],未必当也。《梅崖集》果有逾人处[21],恨不识其人。 郎君令甥皆美才[22],未易量,听所好恣为之,勿拘其途,可也。 于所寄文,辄妄评说,勿罪,勿罪。 秋暑惟体中安否? 千万自爱。 七月朔日[23]。

---

[1] 程鱼门、周书昌:见《刘海峰先生八十寿序》注。 [2] 辱书:您给我写来的信。辱:谦词,指对方为自己发出某种动作而蒙受屈辱。引义谦:指措辞很谦虚。鲁絜非曾向姚鼐学习古文之法,虽然只比姚鼐小一岁,但一直自称弟子。见推:推崇。 [3] 臆度(duó):主观猜测。 [4] 奚辱命之哉:意思是怎么当得起您那般称赞呢。 [5] 杲(gǎo):明亮。 [6] 镠(liú):通"镏"。用黄金装饰器物的一种方法。 [7] 凭高:登临高处。 [8] 沦:微波。 [9] 漾:水摇动的样子。 [10] 廖廓(liáo kuò):高远空旷。廖:同"寥"。 [11] 漻(liáo)乎:清丽的样子。 [12] 愀(qiǎo):凄凉悲伤的样子。 [13] 气:这里指造物的元气。绌(chù):通"黜",后退。 [14] "一阴一阳之为道":见《易·系辞上》,原文"为"作"谓"。 [15] 五音:宫商角徵羽五个音阶,古代的音乐术语。十二律:古乐的十二种乐调。包括阳律六:黄钟、太簇、姑洗、蕤宾、夷则、亡射;阴律六:大吕、夹钟、中吕、林钟、南吕、应钟。 [16] 一当:以一当一,这里是说每个音都属于一定的音律,有

各自音律特征和作用。 ⑰抑:或许,表示商量的语气词。 ⑱廉肉:省净与丰满。 ⑲数:屡次,多次。 ⑳窃:文言文中的表敬副词,意思相当于"私下地","自作主张地"。识(zhì):作记号。 ㉑《梅崖集》:清朱仕琇所著古文集。朱仕琇字斐瞻,号梅崖,福建建宁人,乾隆十三年进士。以擅长古文著称。 ㉒郎君:指鲁絜非的儿子,其时正跟随姚鼐学古文。令甥:指陈用光,陈是鲁絜非的外甥,其时正在姚鼐门下学古文之法。 ㉓朔日:农历每月的初一日。

翻译

桐城姚鼐顿首,絜非先生足下。我很抱憾,相知的人太少,很晚才遇见先生。一接触您,就知道您是君子了;读您的文章,就知道不是君子是写不出来的。从前我曾经和程鱼门、周书昌谈论古今有才之士,只有写古文的人最少。如果能写,一定是杰出的人士,何况是对于古文写作专心而且像先生这样擅长的呢!承蒙您来信申述义理很谦虚,而对我的称赞过分,这是我不敢当的。我从幼小到衰老,有机会侍奉贤人前辈学者为老师及朋友,是从他们那里见到听到的学识中剽取了一点,再加上自己的臆想猜测成为自己的论说,并不是真正懂得文章、真正会写文章的,怎么当得起您的称赞呢?大概为人谦虚,乐于进取,是君子的心怀;而念叨自己的心得,以求正于君子,也正是我鄙陋的志向。

我听说天地间的规律,不过是阴阳刚柔而已。文章,是天地间的精英,阴阳刚柔的显现。只有圣人的言论,才能包容阴阳二气的融合而不偏废。然而《周易》《诗经》《尚书》《论语》所记载的，也间或有些可以用刚柔来加以分别的，这是因为正遇见这样的时候这样的人告诫说话的体制，所以各有自相适宜的文章。从诸子以后，他们写文章无不有所偏重。其中得到阳刚之美的，他们的文章像雷霆，像闪电，像大风从山谷中刮起，像高山峻岭，像大河决口，像骏马奔腾；文章的光泽，像光明的太阳，像火焰，像金水烫到铁上；文章对于读者来说，像站在高处远望，像君主接受万众的朝拜，像擂鼓激励千万勇士奋勇作战。其中得到阴柔之美的，他们的文章就像黎明升起初晖的太阳，像清风，像云彩，像霞光，像烟雾，像幽静山林中弯曲的小溪，像微波，像轻波荡漾，像珠玉的光泽，像鸿鹄鸣叫着飞进辽阔无边的天空；文章对于作者来说，清丽得像轻轻叹息，遥远得像有所思念，温暖得像心情喜悦，愁思得像胸怀悲哀。读这些文章，吟诵它们的韵味，作者的性情状态，就都得以独特地表现出来。

再说阴阳刚柔，本是两个源头，造物主把它们糅合起来，但阴阳元气有多有少，有增进有减退，就形成了物体的品类次第数以亿万，以至于不能穷尽，万物就产生了。所以说："一阴一阳就是道。"文章的千变万化，也像这样而已。阴阳刚柔糅合而有所偏重是可以的，但偏重得极端，有一方面而另一方面完全没有，以及刚不足以为刚，柔不足以为柔，都不能用来谈论文章。现在村野俗夫和小孩子听到音乐，只以为是歌声和弦管乐器混合在一起罢了；假使擅长音乐的人来听，那么五音十二律，必定有一个音当一个音的作用,耳朵听到就能分辨出来。谈论文章,难道和这有什么两样吗?宋朝欧阳修、曾巩的文章,才气都偏重于阴柔之美。欧阳修能吸取别人的长处来不时地弥补自己的不足,曾巩能避免自己的短处而不去触犯。读您的文章,恐怕接近他们二位。也许一个人学做文章,他的功力能够达到这样的地步:陈述理义一定明确恰当,内容的布局取舍、繁简详略、省净丰满都不失法度,修辞文雅通顺,只要不芜杂罢了。从古到今达到这个水平的,大概不是屡屡数得出来的,但这还不是文章的最高水平。文章的最高水平,通达到神明,人的能力是达不到的。先生认为这话对吗?

承蒙您寄来的文章,刻本当然是蒙您送给我,钞本谨封好奉还。然而钞本中不能达到刻印要求的,各种体裁以书、疏、赠序写得最好,记事文差一点,论辨又差一些。我也私自在中间批了一些话,不一定恰当。《梅崖集》果然有超出一般人的地方,可惜不认识作者。您的儿子和外甥都是出色人才,还不好估量,听从他们自己的喜好,随他们心意去做,不要拘束他们的发展方向,是可以的。对您寄来的文章,我动辄妄加评说,请不要怪罪,请不要怪罪!秋暑时节,身体还好吧?千万自己保重。七月一日。

海愚诗钞序

这是作者为挚友朱孝纯的诗集所作的序。朱孝纯,字子颖,号海愚。山东历城人。曾任泰安知府、两淮盐运使等。文章论述了文章风格的阳刚阴柔问题。认为天地间"阴阳刚柔之精,皆可以为文章之美",但必须阴阳兼备、刚柔相济,有所偏重而不能偏废。姚鼐欣赏那种具有阳刚之气、"雄伟而劲直"的诗文,并认为朱孝纯的诗正具有这种特点,因而倍加推崇。

吾尝以谓文章之原,本乎天地。 天地之道,阴阳刚柔而已。 苟有得乎阴阳刚柔之精,皆可以为文章之美。 阴阳刚柔并行而不容偏废,有其一端而绝亡其一①,刚者至于偾强而拂戾②,柔者至于颓废而闇幽③,则必无与于文者矣④。 然古君子称为文章之至,虽兼具二者之用,亦不能无所偏优于其间。 其故何哉? 天地之道,协合以为体,而时发奇出以为用者,理固然也。 其在天地之用也,尚阳而下阴⑤,伸刚而绌柔⑥,故人得之亦然。 文之雄伟而劲直者,必贵于温深而徐婉⑦。

温深徐婉之才不易得也,然其尤难得者,必在乎天下之雄才也。夫古今为诗人者多矣,为诗而善者亦多矣,而卓然足称为雄才者,千余年中数人焉耳。甚矣,其得之难也。

今世诗人,足称雄才者,其辽东朱子颖乎?即之而光升焉,诵之而声闳焉⑧,循之而不可一世之气勃然动乎纸上而不可御焉⑨,味之而奇思异趣角立而横出焉⑩,其惟吾子颖之诗乎?子颖没而世竟无此才矣!

子颖为吾乡刘海峰先生弟子,其为诗能取师法而变化用之。鼐年二十二,接子颖于京师,即知其为天下绝特之雄才,自是相知数十年,数有离合。子颖仕至淮南运使⑪,延余主扬州书院,三年而余归,子颖亦称病解官去,遂不复见。

子颖自少孤贫,至于宦达,其胸臆时见于诗,读者可以想见其蕴也⑫。盖所蓄犹有未尽发而身泯焉⑬。其没后十年,长子今白泉观察督粮江南⑭,校刻其集。鼐与王禹卿先生同录订之⑮,曰《海愚诗钞》,凡十二卷。乾隆五十九年四月,桐城姚鼐序。

①绝亡(wú)：完全没有。亡：同"无"。 ②偾(fèn)强：紧张激烈。拂：不顺。戾：乖戾、乖张。 ③颓废：本指倒塌、荒废，引申为意志消沉，委靡不振。这里指文章过于缠绵。阉幽：蔽塞昏暗，不明朗。阉：通"掩"。 ④无与于文：不能加入文章的行列，意谓不能成为好的文章。与：加入。 ⑤尚阳而下阴：崇尚阳而贬低阴。下：贬低。 ⑥伸刚而绌柔：扬刚而抑柔。伸：舒展，发扬。绌：通"黜"，废弃，贬抑。 ⑦温深：温和深厚。徐婉：舒慢委婉。 ⑧闳(hóng)：宏大。 ⑨循之：意思是顺着诗文读下去。勃然：兴起或奋发的样子。御：抵御，节制。 ⑩角立：卓然耸立。 ⑪淮南：见《陈驭虚墓志铭》注。运使：盐运使，官名，掌管地方盐政机关。朱孝纯曾任两淮盐运使。 ⑫蕴：事或理的深奥处。 ⑬泯(mǐn)：灭绝，这里指死去。 ⑭白泉：白泉镇，在山西定县北三十里。观察：清代道员的俗称。 ⑮王禹卿：王文治，字禹卿，号梦楼，江苏丹徒人。清代文学家，书法家。进士出身，官至云南临安知府。工诗。有《梦楼诗集》《赏雨轩题跋》等。

翻译

  我曾经说过，文章的原则，根本在天地。天地的规律，不过是阴阳刚柔罢了。如果对阴阳刚柔的精微有所领会，都可以用来创造文章的美。阴阳刚柔同时存在发展而不能偏废，如果只有一头而没有另一头，刚就会发展到紧张激烈而乖张不顺，柔就会发展到委靡消沉而蔽塞昏暗,一定不可能写成好的诗文了。然而古代君子称赞为写得最好的文章,虽然兼具二者的作用,也不能在二者之间有所偏重。这是为什么呢?天地的规律,以协调融合为本体,而在一定时候发生特殊突出的变化作为功用,这是道理本来如此的。当天地的规律在发生天地的功用时,崇尚阳而贬低阴,伸展刚而抑制柔,所以人类获得的也是这样。雄伟而刚劲的文章,一定比温和深厚而徐缓柔婉的文章贵重。温和深厚而徐缓柔婉的才能,是不容易得到的。然而最为难得的,却是天下的雄才。古今成为诗人的很多了,作诗作得好的也很多了,而超出常人足可称为雄才的人,千余年中,不过几个罢了,真是太难得了啊。

当今的诗人,足可称为雄才的,大概就是辽东朱子颖吧?接近它,觉得光华升腾;朗读它,觉得声韵宏大;顺着它,觉得那种超越时代的气概,勃然跃动在纸上而不可控制;玩味它,觉得奇妙的思想情趣,卓然特立地突然涌现出来;这就是我们子颖的诗吧?子颖去世后,世间竟没有这样的雄才了!

子颖是我家乡刘海峰先生的弟子,他作诗能吸取老师的法则而又变化使用。我二十二岁时在京师和子颖相识,就知道他是天下少有的奇特的雄才,从此相知几十年,多次离别又相逢。子颖任官淮南盐运使,邀我主持扬州书院,三年后我回家,子颖也自称有病解除官职离去,从此再没有见过面。

子颖少年时失去父亲,生活贫穷,到做官通达,他的胸怀志向常常表现在诗中,读者可以想见他心中的蕴藏。大概他心里想的

海愚诗钞序

还没有全部抒发出来就去世了。他去世后十年,他的长子,如今在白泉担任观察,到江南督催粮食,校刻父亲的诗集。我和王禹卿先生共同抄录审订,名曰《海愚诗钞》,共十二卷。乾隆五十九年四月,桐城姚鼐序。

荷塘诗集序

这是为诗人张五典的诗集作的序。张五典,字叙百,号荷塘。序中主要论述诗人与诗歌创作的关系。作者认为,诗写得好不好,并非简单的技巧问题,而是与诗人的人品、才华、气质、修养有密切的关系。作者列举历史上成就突出的诗人来说明这一点,并宣称:"余执此以衡古人之诗之高下,亦以论今天下之为诗者。"可见这是作者诗歌批评的一条重要标准。作者在另一篇文章中说过:"后世小才蒐士,天机间发,片言一章之工亦有之,而裒然成集,连牍殊体,累见诡出,闳丽谲变,则非巨才而深于其法者不能。何也?艺与道合,天与人一故也。"(《敦拙堂诗集序》)这也是强调修养和根底,说明好的诗作不是能够刻意雕琢出来的。作者还认为,好的诗作应该文质兼备,能道出人所欲言而不曾言之者,这些都是很有见地的。

古之善为诗者,不自命为诗人者也。 其胸中所蓄,高矣,广矣,远矣;而偶发之于诗,则诗与之为高广且远焉,故曰善为诗也。 曹子建、陶渊明、

李太白、杜子美、韩退之、苏子瞻、黄鲁直之伦①，忠义之气，高亮之节，道德之养，经济天下之才②，舍而仅谓之一诗人耳，此数君子岂所甘哉？志在于为诗人而已，为之虽工，其诗则卑且小矣。余执此以衡古人之诗之高下，亦以论今天下之为诗者。使天下终无曹子建、陶渊明、李、杜、韩、苏、黄之徒则已，苟有之，告以吾说，其必不吾非也。

适来江宁③，识泾阳张君④。君以累世同居义门之子⑤，负刚劲之气，兼治烦之才，虽为一令，日余年屡经踬起⑥，而志不可抑，今世奇士也。而耽于诗⑦，政事道途之闲，不辍于咏。出其诗示余，余以为君之诗，君之为人也。取君诗而比之子建、渊明、李、杜、韩、苏、黄之美，则固有不逮者，而其清气逸韵，见胸中之高亮，而无世俗脂韦之概⑧，则与古人近，而于今人远矣。

夫诗之至善者，文与质备⑨，道与艺合；心手之运，贯彻万物，而尽得乎人心之所欲出。若是者，千载中数人而已。其余不能无偏：或偏于文焉，或偏于质焉。就二者而择之，愚诚短于识，以为所尚者盖在此而不在彼：惟能知为人之重于为诗者，其诗重矣。张君殆其伦欤！

① 曹子建:曹植,字子建,沛国谯县(今安徽亳州)人。曹操第三子,封陈王,谥思,世称陈思王。三国魏大诗人。黄鲁直:黄庭坚,字鲁直,号山谷道人,分宁(今江西修水)人。北宋著名诗人。出自苏轼门下,而诗作与苏轼齐名,世称"苏黄"。伦:类,同类。 ② 经济:经世济民,治理国家。 ③ 江宁:江宁府,治所在今南京市。 ④ 泾阳:县名,今属陕西省,清属陕西西安府。 ⑤ 义门:仁义之门。特指以孝义著称、数代同堂而和睦相处的家庭。 ⑥ 踬(zhì):被绊倒,这里指做官受到挫折。 ⑦ 耽(dān):非常喜好。 ⑧ 脂韦:油脂和软皮,比喻为人圆滑,喜欢阿谀奉承。 ⑨ 文与质备:文采与质地兼备。质:特指文章只说明某些道理而没有文采。

翻译

古代擅长作诗的人,是不自称诗人的。他们胸中的蕴藏,又高,又广,又远大,而偶然在诗中迸发出来,那么诗也与胸怀一样高广而远大,所以说是擅长作诗的。曹植、陶渊明、李白、杜甫、韩愈、苏轼、黄庭坚等人,忠义的气概,高亮的节操,道德的修养,治理国家的才能,如果都抛开不论而仅仅说他们是个诗人,这难道是这几位君子甘心接受的吗?志向仅仅在于成为一个诗人,那么诗即使写得工致,这样的诗也卑下而微小。我拿这个标准来衡量古人诗作的高下,也以此来评论当今天下写诗的人。如果天下终究没有曹植、陶渊明、李白、杜甫、韩愈、苏轼、黄庭坚这类诗人,那就罢了；如果有，把我的观点告诉他们，他们也一定不会说我的观点不对。

我刚刚来到江宁，认识了泾阳张君。张君作为数代同居的仁义之家的后裔，具有刚强劲直的气质，兼有治理政事的才能。虽然只做一个县令，二十多年，几经挫折复起，而志向不可压抑，真是当今杰出之士。他特别喜欢诗，在治理政事、旅途奔波的闲余时间里，从不停止咏诗。他拿出诗作给我看，我认为他的诗，就是他的为人。拿他的诗和曹植、陶渊明、李白、杜甫、韩愈、苏轼、黄庭坚等人相比，那么固然有赶不上的地方，但他的诗格调清新，神韵飘逸，足以表现胸中高尚磊落的情操，却没有世俗的那种阿谀圆滑的情态，这一点是和古人近似而比当今的一般人要高出很多的。

最好的诗，应该是文采和义理同时具备，内容和技巧紧密结合；心里想的，手上写的，与天下万物相通，而又全能表现人们心里正想说出来的东西。像这样的诗人，千年中只不过几个人而已。其余的诗人则不可能没有偏向：有的偏于文采，有的偏于义理。就这二种偏向来区别高下，我确实缺少识别力。我认为值得推崇的大概都不在这两类，而是在于那样一类：只有懂得做人比作诗要紧的人，他的诗才会有分量。张君恐怕就属于这种人吧。

稼门集序

这篇为汪志伊的诗文集所作的序,作于姚鼐去世那一年。汪志伊,字稼门,桐城人。举人出身,以知县累官两湖总督。调任闽浙,因罪罢官。文章借赞美汪稼门的诗文,强调为文必须切中事理,认为"徒为文而无当乎理与事者,是为不足观之文尔",这与作者一贯强调以"义理"为根本的理论相一致。文章还强调为文做诗,应有高尚的人品,否则不过是为文而文,为诗而诗,这也是姚鼐一贯的文学主张。

天下所谓文者,皆人之言书之纸上者尔①。言何以有美恶? 当乎理,切乎事者,言之美也。今世士之读书者,第求为文士②,而古人有言曰:"一为文士则不足观③。"夫靡精神,销日月以求为不足观之人④,不亦惜乎? 徒为文而无当乎理与事者,是为不足观之文尔。

吾乡汪稼门尚书,其生平不欲以言行分为二事,上承天子之命,有抚安众庶之绩;下立身行己,有清慎之修。 其所孜孜而为者,君子之事也;津津而言者,君子之言也。故其诗与文无鞶帨组绣之华⑤,而有经理性情之实⑥。士守其言,则为端士⑦;历官者遇事取其所记,一一行之,如绳墨之可守⑧。此岂可以文士论哉?汉时校书有六艺、诸子、词赋之略⑨,本无集名。魏晋以后,集乃甚著,而繁芜益多⑩。若尚书之集,其文则诸子略之儒家言也,其诗则通乎古三百之谊者⑪,此当为刘向、班固之徒之所取已。

今春二月,尚书将入觐⑫,与鼐遇于江之南,以其文七卷、诗十卷视余。余归,卒读而窃叹,以为古今所贵乎有文章者,在乎当理切事,而不在乎华辞,尚书得之矣!乃以题诸其首。嘉庆二十年三月望,同里姚鼐序。

---

① 言:指言论。 ② 第:仅仅。 ③ 足观:指有成就。 ④ 靡(mí):浪费、消耗。 ⑤ 鞶帨(pán shuì)组绣:比喻过分讲究辞藻华丽。典出于扬雄《法言·见寡》。鞶帨:大带和佩巾,古人用以装点服饰。 ⑥ 经理:治理,经营管理,这里是培养的意思。 ⑦ 端士:正直之士。 ⑧ 绳墨:木匠画直线用的工具,比喻规矩和法度。 ⑨ 六艺:汉以后指儒家的六经。西汉末刘歆综合群书,编纂《七略》,其一为《六艺略》。略:图书分类目录。七略,包括辑略、六艺略、诸

子略、诗赋略、兵书略、术数略、方技略。 ⑩ 蘩(fán)芜:多而杂。蘩:通"繁"。 ⑪ 三百:指《诗经》。《诗经》共收诗三百零五篇,后人常用"诗三百""三百"指代《诗经》。谊:同"义"。 ⑫ 觐(jìn):本指诸侯在秋天朝见天子,后泛指朝见皇帝。

翻译

  天下所谓文章,都是把人们的言论写在纸上罢了。言论为什么有美好丑恶之分呢?说得在理,切合事实,这是言论的美好。当今读书的士人,只求成为文人,而古人有句话曾说道:"只要一成为文人,他的文章就不值得观看。"耗费精力,消磨时间,以求得成为一个文章不值得观看的人,不是太可惜了吗?仅仅是做文章而不能合于道理与事实,这就是不值得观看的文章。

  我的同乡汪稼门尚书,他一生不愿意把言论和行为看作两回事,对上谨承天子的旨令,有安抚百姓的功绩;对下卓然自立,从自己做起,有清廉谨慎的修养。他孜孜不倦地做的,是君子的事;他津津有味地谈论的,是君子的话。所以,他的诗和文章,没有过分地追求辞藻的华丽,却有调理培养性格情操的实际内容。士人遵守他说的话,就能成为正直之士;当官的人遇到事情能采用他所记载的,并一一实行,将像准绳墨斗一样可以遵循。这岂可以当作一般的文士来评价!汉代校勘书籍,有六艺、诸子、诗赋等略,本来没有"集"的名称。魏晋以后,集子便盛行起来,然而杂乱不堪的越来越多。像尚书的诗文集,文章都是诸子略中儒家的言论,诗则都和古代《诗经》的大义相通,这是应当被刘向、班固等人录取的。

今年春天二月,尚书将要去朝见皇上,和我在江南相遇,将他的文章七卷、诗十卷给我看。我回到家中,读完后暗暗感叹,认为从古至今因有文章而受贵重的人,在于说得在理,切合事实,并不在于华丽的辞藻,尚书得到这样的成就了。我因此写上了这些话,题写在文集的前面。嘉庆二十年三月十五日,同乡姚鼐序。

赠钱献之序

　　这是为友人钱坫赴岭南而作的赠序。钱坫,字献之,号十兰,江苏嘉定(今上海市嘉定区)人。乾嘉时期有名的学者兼书法家,精通文字学和地理学。钱坫治学推崇汉儒,与姚鼐宗程朱理学并不一致。因此,姚鼐这篇赠序委婉地申述了自己宗程朱理学的主张。

　　宋代以后,程朱理学在儒学中几乎一直占据着统治地位,但到了清康熙年间,汉学开始兴盛。乾嘉时代,汉学大为昌明,于是出现了汉学与宋学的大争论。桐城派一向以程朱理学为宗,在经学上一直站在宋学的立场上,而对汉学持批评态度。本文主要批评汉学派"专求古人名物制度训诂书数,以博为量",说这是"枝之猎而去其根,细之搜而遗其巨",而宋学派才是"得圣人之旨""操其本而齐其弊"的"真儒""大儒"。不过从姚鼐的整个文学理论来看,他也不是绝对排斥汉学的,如他的义理、考证、文章三结合论中的"考证",便是吸取了汉学的长处。

　　孔子没而大道微①。汉儒承秦灭学之后②,始立专门,各抱一经,师弟传受,侪偶怨怒嫉妒③,

不相通晓，其于圣人之道，犹筑墙垣而塞门巷也。久之，通儒渐出，贯穿群经，左右证明，择其长说。及其敝也④，杂之以谶纬⑤，乱之以怪僻猥碎，世又讥之。盖魏晋之间，空虚之谈兴，以清言为高⑥，以章句为尘垢⑦，放诞颓坏，迄亡天下。然世犹或爱其说辞，不忍废也。自是南北乖分，学术异尚⑧，五百余年。唐一天下，兼采南北之长，定为义疏⑨，明示统贯，而所取或是或非，未有折衷⑩。宋之时，真儒乃得圣人之旨⑪，群经略有定说。元明守之，著为功令⑫。当明佚君乱政屡作⑬，士大夫维持纲纪⑭，明守节义，使明久而后亡，其宋儒论学之效哉！

　　且夫天地之运，久则必变。是故夏尚忠，商尚质，周尚文⑮。学者之变也，有大儒操其本而齐其弊⑯，则所尚也贤于其故，否则不及其故，自汉以来皆然已。明末至今日，学者颇厌功令所载为习闻，又恶陋儒不考古而蔽于近，于是专求古人名物、制度、训诂、书数⑰，以博为量⑱，以窥隙攻难为功⑲。其甚者，欲尽舍程朱，而宗汉之士，枝之猎而去其根⑳，细之搜而遗其巨，夫宁非蔽与？

嘉定钱君献之,强识而精思㉑,为今士之魁杰,余尝以余意告之,而不吾斥也。虽然,是犹居京师厖淆之间也㉒。钱君将归江南而适岭表㉓,行数千里,旁无朋友,独见高山大川乔木,闻鸟兽之异鸣,四顾天地之内,寥乎茫乎,于以俯思古圣人垂训教世先其大者之意,其于余论,将益有合也哉!

---

① 大道:正常道理,也特指一种理想的秩序、规范。微:衰落、衰败。② 灭学:指秦始皇焚书坑儒。秦始皇焚书坑儒后,使得先秦的各学科都差不多成为绝学。 ③ 侪(chái)偶:同辈,这里指做学问的同行。 ④ 敝:破旧,引申表示衰落。 ⑤ 谶(chèn)纬:汉代开始盛行的迷信。谶包括谶语和谶图,是巫师方士制作的一种隐语和图符,作为预言吉凶的符验和征兆。纬即纬书,用儒家的经义,附会人事吉凶祸福,预言社会的治乱兴废。谶和纬都是些荒诞无稽之谈,及隋炀帝令尽焚其书,谶纬之学才渐渐衰亡。 ⑥ 清言:又叫清谈或玄言,是魏晋人掀起的一股显示高雅、卖弄学问、大谈玄理的风气。 ⑦ 章句:对古书章节句读的分析。 ⑧ 学术异尚:南北朝天下分裂,北朝经学家多遵守东汉经师的学术主张,注重训诂,但墨守成规。南朝经学家重视经义,注重心领神会,但喜谈玄理。尚:推崇。 ⑨ 义疏:疏解儒家经义的著作,始于六朝。唐初孔颖达等奉皇帝命令撰写《五经正义》,唐太宗又命颜师古考订五经文字,撰定

《五经定本》,从此经书有了统一的文字和解释。 ⑩ 折衷:公认而可取的说法。 ⑪ 真儒:指宋代程颢、程颐、朱熹等理学家。 ⑫ 功令:古时国家对学者考核和录用的法令、规程。这里指以程朱理学为规范。明清科举考试以儒家经典为题,解释必须依据朱熹的《四书集注》等程朱理学的著作。 ⑬ 佚(yì)君:放荡的君主,指昏君。佚:同"逸"。 ⑭ 纲纪:法令制度。 ⑮ 文:文化,具体指礼乐制度。 ⑯ 齐其弊:整治其弊端。齐:整治。 ⑰ 名物:事物的名号及形状品类,这是清代汉学很强调的一种知识。制度:即典章制度,包括一定历史时期的政治、经济、文化等各方面的体系以及官制、法令等。训诂:对古书字句意义的解释。书数:古代有六艺,包括礼、乐、射、御、书、数,是读书人必须掌握的知识。这里用"书数"代指"六艺"。 ⑱ 量:衡量,指评价学问。 ⑲ 窥隙:窥伺裂缝,喻寻找破绽、挑毛病。攻难(nàn):攻击批驳。 ⑳ 枝之猎:猎取其枝节。这是古汉语中的一种宾语前置用法,"枝"是"猎"的宾语。下文中的"细之搜"句法与此同。枝:枝节,指不重要的东西。 ㉑ 强识:即强志,记忆力强。 ㉒ "是犹"句:钱坫在学问上是推崇汉学的,姚鼐这话是委婉地表示钱坫的学术主张并不是与自己的完全一样。厐(máng)淆:庞杂混乱。厐:杂乱。 ㉓ 岭表:五岭山以外,包括今岭南两广地区。

翻译

孔子去世后,大道便衰微了。汉代儒生在秦始皇毁灭学术之后,开始设立专一的师门,各家抱住一部经书,老师学生一代一代地传授,同辈之间怨恨嫉妒,不肯互相交流理解彼此的学术,对于圣人的道理,就像相互间建筑了墙垣,闭塞了门户里巷一样。时间长了,博通的儒家学者逐渐出现,贯串各类经典,互相比较证明,择取那些优善的说法。到后来又衰落了,便用谶纬的说法夹杂其间,以怪僻卑俗琐碎的东西搅乱学术,世人又讥笑这类学说。大约到魏晋时期,清谈空论的风气大盛,学者们都以擅长清谈为高雅,把章句之学看得尘垢一般,一个个放纵怪诞,萎靡颓伤,直到天下灭亡。然而世间还是有人喜欢那些清谈家的言论,不忍心废弃。从此南朝北朝分裂对峙,学术主张也不相同,一直持续了五百多年。唐朝统一天下,兼采南北两派的长处,确定经义的疏解,明白告示天下统一贯彻,但所取观点有的正确有的不正确,还没有折衷是非,取得公认的说法。到了宋代,真儒才领会了圣人的要旨,各种经书才大致有了确定的解释。元代明代遵守宋儒的观点,并制定求取功名的法令。当明代屡次出现昏君败坏政治时,士大夫却能维持国家纲纪法制,明确守持节操道义,使明朝维持了很长的时间才灭亡,这是宋儒论述理学的效果啊!

再说天地的运动,时间长了,必定要发生变化。所以夏朝崇尚忠义,商代崇尚朴质,周代崇尚文化。当学者发生变化时,如果有大儒把握根本,整治弊端,那么推崇的就会比原来的好,否则就赶不上原来的,从汉代以来都是这样。从明末到现在,学者很讨厌功令载录的都是些老生常谈的东西,又厌恶那些浅薄的儒生不考求古代的东西而被近代的东西所蒙蔽,于是专心于考求古代的

赠钱献之序

名物制度、字句训释、六艺知识,以博洽来衡量学问,以相互挑毛病、相互批驳为努力的目标。而严重的,竟想全部抛弃程朱理学,而以汉儒为正宗,猎取枝节而舍弃根本,搜寻细微而漏掉重大,这难道不是太糊涂了吗?

嘉定钱献之君,记忆力强,又精于思考,是当今读书人中的魁杰,我曾经把我的想法告诉他,他并不排斥我的意见。虽然如此,但他毕竟还是居住在京师这种各学派混杂一起的地方。钱君将要返回江南而到岭南去,旅行几千里,身边没有朋友,只能看到高山大川和高大的树木,听到鸟兽的怪异鸣叫,四面环视天地之内,寥廓苍茫,在这种情况下低头思索古代圣人留给后人的训导和教诲世人要以重要的东西放在首位的用意,那么和我的观点,将会变得更加一致吧!

翰林论

翰林,官名。唐玄宗初置翰林待诏,为文学侍从之官。至唐德宗以后,翰林学士职掌为撰拟机要文书。明清则以翰林院为"储才"之地,在科举考试中选拔一部分人入院为翰林官。清制翰林院以大学士为掌院学士,其下设侍读学士、侍讲学士、侍读、侍讲、修撰、编修、检讨等官。本文大约是姚氏早年任官翰林院的作品。文章指出官制弊端、申说己见,显示了作者积极用世、愿为朝廷效力的意愿。这时期姚氏虽还没有明确提出"义理、考证、文章"三结合之说,但他的创作实践已在遵循这个方向。所以本文观点鲜明,引证详实而具有说服力。行文或正或反,或问或答,说理严密透彻,一气贯通,不容辩驳,是一篇很能表现姚鼐议论文风格的力作

　　为天子侍从之臣,拾遗补阙①,其常任也。天子虽明圣,不谓无失;人臣虽非大贤,不谓当职而不陈。 君之失,与其有失播诸天下而改之,不若传诸朝廷而改之之善也;传诸朝廷而改之,不若初见闻诸左右而改之之善也。 翰林居天子左右为

近臣，则谏其失也，宜先于众人。见君之失而智不及辨与，则不明；智及辨之而讳言与，则不忠。侍从者，择其忠且明而居之者也。

唐之初设翰林，百工皆入焉②，猥下之职也③。其后乃益亲益尊。益亲益尊，故责之益重。今有人焉，其于官也受其亲与尊，而辞其责之重，将不蒙世讥乎？官之失职也，不亦久乎？以宜蒙世讥者，而上下皆谓其当然，是以晏然而无可为④，安居而食其禄。自唐及宋及元明，官制因革六七百年，其不革者，御史有弹劾之责而兼谏争⑤，翰林有制造文章之事而兼谏争。弹劾、制造文章，所别也；谏争，所同也，其为言官也⑥，奚以异？入而面争于左右，出而上书陈事，其为谏也，奚以异？今也独谓御史言官，而翰林不当有谏书，是知其一而失其一也。是故君子求乎道，细人求乎技⑦；君子之职以道，细人之职以技。使世之君子，赋若相如、邹、枚⑧，善叙史事若太史公、班固，诗若李、杜，文若韩、柳、欧、曾、苏氏，虽至工，犹技也。技之中固有道焉，不若极忠谏争为道之大也。徒以文字居翰林者，是技而已。若唐初之翰林者，则若是可矣。今之翰林，固不可云皆亲近居左右，然固有亲近居左右者。且翰、詹立班于科道上⑨，谓其近臣也。居近臣之班，不知近臣之职，可乎？明之翰林，皆知其职也，谏争之人接踵⑩，谏争之辞连策而时书⑪。今之人不以为其职也，或取其忠而议其言为出位。夫以尽职为出位，世孰肯为尽职者？余窃有惑焉，作《翰林论》。

---

① 拾遗：唐代谏官名，职务为对皇帝进行规谏、提建议，武则天时置，分左右拾遗，分属门下、中书两省。补阙：与拾遗相当，亦为武则天时置。后来也用拾遗补阙指对皇帝提意见和建议。　② 翰林：即翰林院。唐代初置时，本为各种文艺技术内廷供奉之处，宋代犹以翰林院总领天文、书艺、图画、医官四局，以至御厨茶酒亦有翰林之称。明代始将修史、著作、图书等事务并归翰林院。清代沿明制设翰林院，掌编修国史及记载皇帝言行的起居注，进讲经史，草拟有关典礼的文件。其长官为掌院学士，以大臣充任，翰林院官员的地位高于以往历代。百工：指各种有手艺的工匠，也包括巫医、方士、僧道等。唐初设翰林，开始时巫医、卜师、方士、僧道等都可以待诏翰林，所以说"百工皆入焉"。　③ 猥下：卑微低下。　④ 晏然：安逸而无所事事的样子。　⑤ 御史：官名。春秋战国时诸侯即设此官，掌管文书和记事。秦置御史大夫，位尊职高，相当于副丞相，并有弹劾纠察之权。其后历代都有变化。清代监察御史有弹劾纠察之权，并可向皇

帝进谏。弹劾：向皇帝检举揭发政府官吏违法和失职行为。 ⑥ 言官：即谏官。 ⑦ 道、技：是两个相对的哲学概念（见《答翁学士书》注），这里分别指大的原则和具体的技巧。 ⑧ 邹、枚：邹阳和枚乘。邹阳，西汉文学家，擅辞赋，所作散文有战国游士纵横善辩之风。枚乘，西汉辞赋家。 ⑨ 翰、詹：翰林和詹事，皆官名，清代沿明制，置詹事府，设詹事及少詹事，为三、四品官，无实职，用备翰林官的升迁。科道：明清都察院衙门，设吏、户、礼、兵、刑、工六科给事中，及京畿辽沈等各道监察御史，统称科道。 ⑩ 接踵（zhǒng）：人一个跟着一个，形容人多，接连不断。踵：脚后跟。 ⑪ 策：同"册"。古代用竹片或木片记事著书，成编的叫策。

翻译

作为天子身边的侍从近臣，随时为天子的遗失或缺点提出拾补的意见，这是他们经常的责任。天子虽然神圣明察，不能说没有过失；人臣虽然不是特别贤明，但不能担当了职务而不陈述自己的见解。君主的过失，与其让过失播散到全国之后才改正，不如传播至朝廷内部时即加以改正为好；传播到朝廷之后才改正，不如在过失刚出现时，身边的近臣知道后即加以改正的好。翰林身居天子左右成为近臣，那么在讽谏君主的过失时，就应先于一般的人。发现君主的过失而才智不能辨别，那是不明白；才智能够辨别却忌讳说出来，那是不忠诚。侍从这样的官员，是选拔忠诚而且明白的人才来担任的。

唐初设立翰林院，各类工艺技术人员都可以选入，是个卑微的官职。后来便越发亲近，越发尊贵。越亲近越尊贵，所以使他的责任就越重大。现在有这样的人，他对于官职，接受亲近和尊贵，却推辞责任重大，难道不会受到世人的讥笑吗？当官的失职，不也很久了吗？本是应该受到世人讥讽的人，而上上下下都说他当然这样，因此他悠闲自得无所作为，安逸做官而享受他的俸禄。从唐代开始到宋代，到元明两代，官制沿袭六七百年，它没有变革的原因是，御史负责弹劾的责任而兼任谏争，翰林负责起草诏书、供奉文章而兼任谏争。弹劾和制造文章，这是二者不同的；谏争，则是二者共同的。作为谏争的言官，二者有什么不同？进宫在君主身边当面谏争，出宫就上书陈述自己的意见，他们向君主进谏，二者有什么不同？现在单只是说御史是言官，而翰林却不应该上书进谏，这是只知其一而丢失其一。所以君子从道理上探讨，小人从枝节上探讨；君子的职责依据道理，小人的职责依据技巧。假使当今的君子，作赋比得上司马相如、邹阳、枚乘，擅长记叙历史事实能像太史公司马迁、班固，作诗能像李白、杜甫，写文章比得上韩愈、柳宗元、欧阳修、曾巩、苏氏父子，虽然极其高超，还是技巧。技巧之中固然是有道理，但比不上竭尽忠诚去谏争的道理重大。仅仅凭文字的功夫占居翰林官职的人，这是技巧而已。如果是唐初时候的翰林，那么像这样就可以了。现在的翰林，固然不能说都是跟天子亲近、跟随在天子左右的臣僚，但也一定有跟天子亲近、跟随在天子左右的人；而且翰林詹事上朝站班的地位

翰林论

在各部科员道员之上,所以称他们为近臣。然而占据近臣的朝班地位,却不知道近臣的职责,可以吗？明代的翰林,都知道自己的职责,谏争的人一个跟着一个,谏争的言辞一叠连着一叠,而且及时上书。现在的人却不认为这是翰林的职责,甚至有人认为这样做,其忠诚是可取的,却议论他们进言是越职。认为尽职是越职,世人谁肯去做尽职的人？我私下里感到有些想不通,所以作此《翰林论》。

李斯论

李斯,秦代政治家,楚国上京(今属河南上蔡)人。先从荀子学,战国末入秦为吕不韦舍人,继而被秦王政(始皇)任为客卿。他建议秦王政对六国诸侯采取各个击破的政策,对秦统一六国起了较大的作用。秦统一六国后,任丞相,反对分封制,主张焚《诗》《书》,禁私学,以加强专制主义中央集权的统治。始皇去世后,听从赵高伪造遗诏,迫令始皇长子扶苏自杀,立少子胡亥为二世,后被赵高所杀。这篇议论文针对苏轼"李斯以荀卿之学乱天下"的观点,辨析李斯的学术、治政及为人的关系,指出秦行法治始于商鞅变法,李斯在秦国助长法治是趋时求宠,批评其谄媚君主、趋炎附势所好的恶劣为人,指斥其祸国殃民,自己也无好报。

这篇议论文颇能体现"义理、考证、文章"三结合理论。文章主旨鲜明,论理深刻,引据充分而有力;文笔流贯,气势逼人而不容辩驳。

苏子瞻谓李斯以荀卿之学乱天下①,是不然。秦之乱天下之法,无待于李斯,斯亦未尝以其学事秦。

当秦之中叶，孝公即位②，得商鞅任之③。商鞅教孝公燔《诗》《书》④，明法令，设告坐之过⑤，而禁游宦之民⑥。因秦国地形便利，用其法，富强数世，兼并诸侯，迄至始皇。始皇之时，一用商鞅成法而已。虽李斯助之，言其便利，益成秦乱，然使李斯不言其便，始皇固自为之而不厌。何也？秦之甘于刻薄而便于严法久矣⑦，其后世所习以为善者也。斯逆探始皇、二世之心⑧，非是不足以中侈君而张吾之宠⑨，是以尽舍其师荀卿之学，而为商鞅之学，扫去三代先王仁政，而一切取自恣肆以为治，焚《诗》《书》，禁学士⑩，灭三代法而尚督责。斯非行其学也，趋时而已。设所遭值非始皇、二世，斯之术将不出于此，非为仁也，亦以趋时而已。

君子之仕也，进不隐贤；小人之仕也，无论所学识非也，即有学识甚当，见其君国行事悖谬无义，疾首顣蹙于私家之居⑪，而矜夸导誉于朝廷之上⑫。知其不义而劝为之者，谓天下将谅我之无可奈何于吾君，而不吾罪也；知其将丧国家而为之者，谓当吾身容可以免也。且夫小人虽明知世之将乱，而终不以易目前之富贵⑬，而以富贵之谋，贻天下之乱⑭,固有终身安享荣乐、祸遗后人,而彼宴然无与者矣⑮。嗟乎,秦未亡而斯先被五刑夷三族也⑯。其天之诛恶人,亦有时而信也邪!《易》曰:"眇能视,跛能履,履虎尾,咥人,凶。"⑰其能视且履者,幸也,而卒于凶者,盖其自取邪!

且夫人有为善而受教于人者矣,未闻为恶而必受教于人者也。荀卿述先王而颂言儒效⑱,虽间有得失,而大体得治世之要。而苏氏以李斯之害天下,罪及于卿,不亦远乎?行其学而害秦者,商鞅也;舍其学而害秦者,李斯也。商君禁游宦,而李斯谏逐客⑲,其始之不同术也,而卒出于同者,岂其本志哉?宋之世,王介甫以平生所学,建熙宁新法⑳,其后章惇、曾布、张商英、蔡京之伦㉑,曷尝学介甫之学邪?而以介甫之政促亡宋,与李斯事颇相类。夫世言法术之学足亡人国,固也。吾谓人臣善探其君之隐,一以委曲变化从世好者,其为人尤可畏哉!尤可畏哉!

---

①"苏子瞻"句:苏轼著有《荀卿论》一文,其中说:"荀卿明王道,述礼

乐,而李斯以其学乱天下。"　②孝公:战国时秦国君主,任用商鞅变法,使秦国逐渐强盛。　③商鞅:战国时政治家,卫国人。姓公孙,名鞅。后以战功被秦孝公封商地,故号商君,又称商鞅。入秦说孝公,得到重用。两次实行变法,其内容包括奖励耕织、废除世袭特权、准许买卖土地、实行严厉的法治如连坐法、统一度量衡等等。为秦国强盛作出了很大的贡献。秦孝公死后,商鞅被贵族诬害,车裂而死。　④燔(fán):焚烧。　⑤告坐之过:藏奸不告之罪和连坐之罪,商鞅采用李悝的《法经》作为法律,将百姓分五户、十户编为一组,一家犯法,连坐十家。又凡藏奸不告者腰斩,告奸者赏与斩敌首同。见《史记·商君列传》。过:罪过。　⑥游宦:离开自己的诸侯国到别国游说以求得官职。　⑦刻薄:冷酷无情。　⑧逆探:迎合窥探。逆:迎合。　⑨中:投合。侈君:残暴放纵的君主。　⑩禁学士:秦始皇采纳李斯的建议,禁止儒生以古非今,对谈论《诗》《书》者处死,以古非今者灭族。　⑪疾首:因不满而感到头痛。颦蹙(pín cù):皱眉头。颦:通"矉"。　⑫矜夸:夸耀自己的长处。导誉:谓企求赞誉。　⑬易:改变。　⑭贻(yí):遗留。　⑮无与:不参与,即不在其中。　⑯"秦未亡"句:李斯为赵高所诬陷,遭五刑,腰斩于咸阳,夷灭三族。五刑:中国古代五种刑罚,秦以前指墨刑、劓刑、剕刑、宫刑、大辟。夷:诛杀。三族:有几种不同的说法。或谓父族、母族、妻族;或谓父、子、孙三代;或谓父母、兄弟、妻子。　⑰"眇能视"五句:语见《易·履》。寓意是说小人虽然能窃居高位,作威作福,但最终会得到恶报。眇:瞎一眼。咥(dié):咬。　⑱儒效:儒家治世的功效。《荀子》中有《儒效》篇。　⑲李斯谏逐客:始皇十年,秦宗室贵族建议始皇驱逐别国在秦任职的客卿,李斯亦在其列。令下,李斯上《谏逐客书》,指出留客与逐客的利弊,始皇采纳了李斯的意见,取消了逐客令。 ⑳熙宁新法:宋神宗熙宁二年,王安石任参知政事,次年拜相,于是积极推行青苗、均输、市易、免役、农田水利等新法,被称为熙宁新法。熙宁:宋神宗年号(1068—1077)。
㉑章惇:字子厚,北宋建州浦城(今属福建)人。曾为王安石所任用,王安石新法失败,司马光复辟旧法后,被黜。哲宗时任为尚书左仆射,再次推行新法。曾布:字子宣。曾为王安石所任用,并参与制定熙宁新法。后见神宗怀疑新法,就否定市易法,引起变法派的分裂。后又攻击章惇等人,主张调和新旧两派,被蔡京排挤,放逐出朝廷。张商英:字天觉,受章惇举荐,任监察御史,极力攻击司马光废除新法。蔡京:字元长。司马光恢复旧法时任开封知府,因积极执行旧法受到司马光的赞扬。章惇执政,他又助其推行新法。徽宗时曾任右仆射、太师,以恢复新法为名,加重剥削、排除异己,又大兴土木,被称为"六贼"之首。

翻译

苏轼认为李斯用荀子的学说扰乱了天下,这并非如此。秦朝使天下动乱的法度,无须等待李斯制定,李斯也不曾用他的学说为秦国办事。

当秦国中叶,孝公即位,得到了商鞅担任变法之事。商鞅教孝公焚毁《诗》《书》等典籍,明确国家的法令,设立藏奸不告之罪和连坐之罪,而禁止游说谋官的人。利用秦国地理环境的便利,用商鞅的变法，秦国富强了好几代，吞并各诸侯国，一直到秦始皇帝。秦始皇的时代，全用商鞅的现成法律罢了。虽说李斯加以助长，说它便宜有利，越发造成了秦国的暴乱，但即使李斯不说它便宜，秦始皇本来也会自己采用而不厌弃的。为什么呢？因为秦国喜欢苛刻薄恩，因而便于严厉的法治已经很久了，后代的君主习惯这种法治并认为很好。李斯窥探迎合始皇、二世的心事，觉得不这样不足以投合奢侈的君主而扩张自己的宠幸，所以全部放弃他的老师荀卿的学说，而采用商鞅的学说；扫除三代先王的仁政，而一切采取放纵无忌来治理国家，焚毁《诗》《书》，严惩犯禁的儒生，毁灭三代的成法而推崇督察责罚。李斯并不是推行他的学说，只是趋附时势罢了。假使遇到的不是秦始皇、二世，李斯也不会这么做，但他不是要实行仁政，是用来趋附时势罢了。

君子做官，进取时并不隐瞒自己的贤能；小人做官，且不说他的学识是不对的，即使有学识十分得当，但看到君王国家行事违背常理，不合道义，他在家里痛心疾首，叹息皱眉，而在朝廷上却自我夸耀，企求赞誉。知道君主不合道义还要鼓励君主去做，说是天下人将会谅解我对自己的君主是无可奈何的，因而不会怪罪自己；知道国家将要灭亡却还这样做，说是对我自己，或许可以免除灭亡之灾。再说小人虽然明明知道天下将要发生变乱，但最终还是不会因此改变眼前的富贵，而用求取富贵的计谋，留下天下大乱，固然有自己终身安逸享受荣华快乐而将祸害留给后人、自己安闲自得而不受任何损失的人。唉！秦朝还没灭亡，李斯就先遭腰斩之刑，灭绝三族。上天惩罚恶人，也是有一定的时候而且很灵验的啊！《易》说："眇能视，跛能履；履虎尾，咥人，凶。"那些能视能履的眇跛小人是侥幸，而最终得到凶报，大概是自取的吧！

再说有为善是从别人那里学来的人，没有听说作恶一定是从别人那里学来的。荀子在述说先王时极力称颂儒家治世的功效，虽然间或有得有失，但大体得到了治世的要领。而苏轼因李斯祸害了天下而把罪过推到荀子身上，不是差得太远了吗？推行自己的学说而祸害秦国的人是商鞅，舍弃自己的学说而祸害秦朝的是李斯。商鞅禁止游说求官，而李斯则劝阻秦王驱逐秦国的客卿，他们开始时采取不同的手段，而最后出于相同的策略，难道是他们原有的志向吗？宋代，王安石用他一生所学的东西，建立熙宁新法，后来章惇、曾布、张商英、蔡京之流，何曾学过王安石的学说？而认为王安石的政策加速了宋的灭亡，这和李斯的事很是相似。世人议论法术之学足以使国家灭亡，确实如此啊！我认为，臣僚中善于探测君主的心事、一味采取委曲顺从变化的手段来求得世俗喜好的人，他们的为人尤其可怕啊！尤其可怕啊！

宋双忠祠碑文并序

本文叙说南宋抗元英雄李庭芝、姜才英勇不屈的事迹,文字简洁,重点突出。序文几乎全部引用朱使君的话,也显得很别致。

东海朱使君①,受命领两淮盐运司之次年②,谒于江都城北宋制置使李公、副都统姜公祠下③。乃进士民,告之曰:"当宋之季,自荆襄而下④,城隳师歼⑤,降死相继。伯颜之军南取临安⑥,阿术之军北围扬州⑦。时维二公忠义坚固⑧,竭力合众,以守兹城。临安既下,帝、后皆入于元⑨,孤城势不可终全。二公卒不肯降屈其志,再却谢后之书,斩元使,焚其诏,以绝他虑,明身必死国家之难。昔蜀汉霍弋、罗宪据郡不降魏⑩,及审知后主内附⑪,然后释兵归命,世犹愍其所处⑫,以为弋、宪欲守而无所向,异于君在怀有二心者也。若二公,当国破主降之后,效节于空位⑬,致命不迁⑭,卒成其义概,可以壮烈士之志而激懦夫之衷者⑮,以视弋、宪何如哉?今天子褒礼忠节,虽亲与圣朝为敌

难而殒者,皆隆崇谥号,俾吏秩祀⑯。矧宋二公立身甚伟⑰,而旧祠陊坏⑱,岁久不修,其于朝廷奖忠尊贤之典,守吏以道导民之谊⑲,甚不足以称。吾将率先饬而新之⑳。"众皆曰:"愿尽力!"

乾隆四十二年六月,既竣工,桐城姚鼐为之铭。辞曰:

元雄北方,既脱金距㉑,瞰视江淮,婴儿稚女㉒。谁固人心,奉彼弱主?力或不支,有气可鼓。二公堂堂,孤城在疆。国泯众迁,谊不辱身;死为社稷㉓,生岂随君。既得死所,安于床茵㉔。烈士搏膺㉕,市人流涕,同庙扬州,以享以祭。五百斯年,其报匪懈。新堂炯炯,有翼其外㉖。神陟在天,明曜刚大㉗。思蠲厥心㉘,来庭来对。

---

① 朱使君:即朱子颖,见《海愚诗钞序》注。 ② 盐运司:主管一个地区盐政的机关,主管官称盐运使或转运使。 ③ 谒:拜见。江都:今江苏扬州。制置使:官名,始设于唐。宋南渡后为对金作战复设,负责边防军事,抵抗外来侵扰,往往辖管数路军务,与明清的总督相当。李公:李庭芝,字祥甫,南宋末任两淮制置使,抵抗元兵南侵。都统:官名。掌管征伐,率兵作战。姜公:姜才,南宋末为通州副都

统,骁勇善战,不屈不挠,和李庭芝协同作战,坚守扬州,战败牺牲。　④ 荆襄:荆州襄阳一带,属湖北省。　⑤ 隳(huī):毁坏。　⑥ 伯颜:元大将,元世祖至元十三年(1276)率兵攻入南宋临安,俘谢太后和恭帝。　⑦ 阿术:元大将。随伯颜率兵攻打南宋,于至元十三年攻克扬州,杀李庭芝、姜才等守将。　⑧ 维:同"唯",只,仅仅。　⑨ 帝、后:南宋恭帝赵显和谢太后。谢太后是南宋理宗皇后,度宗即位,尊为皇太后,恭帝即位,尊为太皇太后。主持朝政,是投降派的总后台。元兵逼近临安,她递表投降,并诏令李庭芝弃守扬州。　⑩ 霍弋:字绍先,蜀汉大将,曾为建宁太守、安南将军,誓不降魏。后主刘禅降魏后,也随降了。罗宪:字令则,蜀汉太子舍人。多次据兵抵抗吴军进犯,后随后主降魏。　⑪ 后主:蜀汉第二个君主刘禅。　⑫ 愍(mǐn):哀怜。　⑬ 效节:效力尽节。空位:君主位置上空了,即没有君主了。　⑭ 致命:捐献生命。不迁:坚定不移。　⑮ 壮:雄壮,壮烈。这里是使动用法。烈士:壮烈之士。衷:内心。　⑯ 秩祀:按封官品级的礼仪祭祀。秩:次序。　⑰ 矧(shěn):况且。　⑱ 陊(duò):坠落,破败。　⑲ 守:一地的长官,是刺史太守的简称。谊:通"义",正义,道理。　⑳ 饬(chì):整顿、修整。　㉑ 金距:金国的距爪。距:脚趾。　㉒ 婴儿稚女:指恭帝和谢太后。当时恭帝年仅五岁。稚:弱。　㉓ 社稷:土神和谷神。因古代帝王、诸侯必在国内设此二神祭祀,故以此指代国家。　㉔ 茵:棺材里垫的被褥。　㉕ 烈士搏膺:豪壮之士拍打着胸脯。意谓壮士们拜谒两位英雄后即激发出豪情壮志。　㉖ 翼:屋顶飞檐。　㉗ 曜(yào):照耀。　㉘ 蠲(juān):显示。厥:其。

翻译

东海朱使君,受朝廷之命掌管两淮盐运司的第二年,到江都城北的南宋制置使李庭芝、副都统姜才的祠庙里拜谒。便招来官吏、百姓,对他们说:"当宋朝末年,从荆州、襄阳沿江以下,城防毁坏,军队被歼,投降和死亡连续不断。伯颜的军队向南攻打临安,阿术的军队向北围攻扬州。当时唯有此二公忠诚大义,坚贞不屈,尽力组织群众来坚守这个城池。临安被攻克后,恭帝和谢太后都投降元军,孤城扬州势必不能保全到底。但二公最终不肯投降屈节,两次拒绝谢太后的诏令;杀死元的使者,焚毁太后的诏书,以杜绝别的想法,表明自己必定为国难牺牲。从前蜀汉的霍弋、罗宪据守自己管辖的地区不向魏国投降,等到的确知道后主已投降魏国,这才解除兵备,归顺王命,世人还很怜悯他们的处境,认为霍弋、罗宪本想坚守,但是没有归属,和那些君主还在就怀有二心的人不同。像李、姜二公,在国家灭亡、君主投降之后,效力尽节于无主的王位,捐躯献身不动摇,最终成就了自己的大义气概,可以壮大烈士的志气,激励懦夫的信心,这和霍弋、罗宪相比,怎么样呢?现在天子褒奖礼遇忠臣节士,即使曾经亲身和大清王朝为敌作难而丧身的,都给以很崇高的谥号,使官吏按品级执礼祭祀。何况宋朝此二公卓然自立,为人十分伟大,而旧祠庙已破败毁坏,多年没有修整,这对于朝廷奖励忠贞尊重贤良的法典,官吏以道义引导百姓的道理，是很不相称的。我将率先修整而翻新这座祠庙。"大家都说："愿意尽力！"

乾隆四十二年六月，修整完工，桐城姚鼐书写铭文。铭文如下：

元军称雄北方，既已摆脱金人的控制，便对江淮虎视眈眈，欺凌幼君弱女。谁能稳固人心，去尊奉那幼弱的君主？力量可能支撑不住，但士气可以鼓舞。二公堂堂的英雄，扬州孤城仍在宋朝封疆。国家灭亡，百姓逃亡，大义不玷辱自己；为社稷而死，岂可跟随君主投降求生。既已得到死的所在，比死在床褥上还安心。壮士为你们捶胸，市民为你们流泪，同在扬州的祠庙，用来上享，用来祭祀。五百年过去，这样的崇敬从不松懈。新修的祠堂光亮奕奕，堂外有四檐如翼。神明高高在天，照耀你们坚贞伟大的形象。为了表示这样的心意，人们来到庭堂，前来报答。

食旧堂集序

本文是为友人王文治的诗集所写的序言。全篇主要写友人的性情、为人以及和作者自己的交往。文笔轻松自然,读来颇感亲切,体现了姚鼐散文平淡朴实的一面。

丹徒王禹卿先生①,少则以诗称于丹徒,长入京师,则称于京师。负气好奇,欲尽取天下异境以成其文。乾隆二十一年,翰林侍读全魁使琉球②,邀先生同渡海,即欣然往,故人相聚涕泣留先生,不听。入海覆其舟,幸得救不死,乃益自喜,曰:"此天所以成吾诗也。"为之益多且奇,今集中名《海天游草》者是也。

鼐故不善诗,尝漫咏之以自娱而已。遇先生于京师,顾称许以为可后③,遂与交密,居闲盖无日不相求也。一日,值天寒晦,与先生及辽东朱子颖登城西黑窑厂,据地饮酒,相对悲歌至暮,见者皆怪之。其后先生自海外归,以第三人登第,进至侍读,出为云南临安府知府④。赴任过扬州,时鼐在扬州,赋诗别去。鼐旋仕京师,而子颖亦入蜀⑤,皆不得见。时有人自西南来者,传两人滇蜀间诗⑥,雄杰瑰异如不可测,盖称其山川云。

先生在临安三年,以吏议降职⑦,遂返丹徒,往来于吴越⑧,多徜徉之辞⑨。久之,鼐被疾还江南,而子颖为两淮运使⑩,兴建书院,邀余主之,于是与先生别十四年矣,而复于扬州相见。其聚散若此,岂非天邪?

先生好浮屠道,近所得日进。尝同宿使院⑪,鼐又渡江宿其家食旧堂内,共语穷日夜。教以屏欲澄心,返求本性。其言绝善,鼐生平不常闻诸人也。然先生豪纵之气亦渐衰减,不如其少壮。然则昔者周历山水伟丽奇变之篇,先生自是将不复作乎?鼐既尽读先生之诗,叹为古今所不易有。子颖乃俾人抄为十几卷,曰《食旧堂集》,将雕板传诸人,鼐因为之序。

---

① 丹徒:县名,在今江苏省。王禹卿:王文治,见《海愚诗钞序》注。
② 翰林侍读:翰林院属官,职责是给皇帝讲学。全魁:满州镶白旗

人。乾隆进士。曾以侍学士的身份陪同编修官周煌出使琉球。琉球：古国名。即今琉球群岛。　③"顾称许"句：反而称赞说我的诗作可以排在他的后面。这是作者谦虚的说法。　④临安府：府名，治所在今云南建水县内。知府：府的行政长官。　⑤蜀：因古蜀国在四川一带，故用为四川的简称。　⑥滇：古滇国在云南一带，故用为云南的简称。　⑦吏议：古时朝廷对官吏的考评鉴定。　⑧吴越：吴越都是古国名，在今江苏东南和浙江一带。　⑨徜徉：徘徊，这里指消沉而不知如何进取。　⑩两淮：淮南淮北，是清代主要盐产区。运使：即盐运使。　⑪使院：盐运使办公的官府。

翻译

丹徒王禹卿先生，少年时代就以诗著称于丹徒，成年后到京师，又著称于京师。自负才气，喜好新奇，想要尽取天下的奇异境界来写成他的文章。乾隆二十一年，翰林侍读全魁出使琉球，邀先生一道渡海，他便很高兴地同意去了，老朋友们相聚到一起，流着眼泪想挽留先生，先生不答应。到海上翻船了，他幸亏得救，没有死，于是越发高兴，说："这是上天要成就我的诗作。"作诗更加多而且更奇特，现在集中题为《海天游草》的就是。

我向来不善于作诗，曾经随便吟咏几句来自我消遣而已。在京师遇到了先生，反而称赞我的诗可以追步在他后面，于是与先生交往密切起来，平时有空闲，大概没有一天不去求教的。一天，遇上天气寒冷而又阴暗，和先生及辽东朱子颖登上城西黑窑厂，找到一块地方坐下饮酒,相对悲歌,一直到天黑,见到我们的人都感到很奇怪。后来先生从海外回来,以第三名的成绩考上进士,官进至翰林院侍读,离开朝廷做云南临安府知府。赴任途中经过扬州,那时正好我也在扬州,便赋诗分别而去。我随后到京师做官,而子颖也到了四川,都不能相见。那时有人从西南来,传颂两人在云南、四川一带写的诗,雄健杰出,瑰丽奇异,好像不能推测想象,大约都是些赞美山川壮丽之作。

先生在临安做了三年知府,由于官吏考评而降职。于是返回丹徒,来往于吴越一带,所作诗文多带徘徊、彷徨之意。过了好多日子,我因病回到江南,而子颖出任两淮盐运使,兴建书院,邀请我主持,到这时已与先生分别十四年了,却又在扬州相见。人的相聚离散竟是如此,岂不是天意吗?

先生喜欢佛教,近来收获一天比一天大。先生和我曾经在使院同宿,我又过江住到他家的食旧堂内,先生整日整夜地和我谈论佛教。又教我摒弃一切欲念,把心沉静下来,返求人的本性。那些话极有善意,我生平很少从别人那里听到过。但是先生的豪放不羁的气概也渐渐地衰退,不如少壮时候了。那么从前遍游山水的宏伟壮丽、奇特多变的诗篇,从此先生将不会再写了吗?我已全读过先生的诗作,感叹那些从古至今少见的作品。子颖便让人抄写为十几卷,取名《食旧堂集》,将要刻印传给世人,我于是写了这篇序言。

继室张宜人权厝铭并序

本文是作者为祭吊亡故的继妻张氏而作的铭文。如泣如诉,声泪俱下,表达了对继妻的无限怀念。文章通过叙述张氏生前的德行来写自己的怀念之情,通过孩子们对母亲的想念、对母亲去世的悲哀来写自己的悲哀,情真意深,感染力强。这种文章是作者真情的迸发,因而不像他的其他散文那样必以"义理、考证、文章"三结合为标准。这代表了姚氏另一种类型的散文。宜人,封建时代对官吏的母亲或妻子的一种封号。明清时代五品以上的官吏,其母亲、妻子可称宜人。权厝(cuò),人死后棺椁临时停放的地方。

宜人十七岁而归余①,三十一岁而没。上事姑②,中接娣姒③,下抚诸子婢仆,无以异今时女子。而悖傲苟贱暴虐之事④,所必无也;治家不能极于俭啬,而矜奢纵佚之事,所必不为也。尤喜称人之善,闻人不善,虽于余前亦绝不言。余迂谬违俗,仕不进而家不赢⑤,宜人不怨,顾以为宜。然以余所遇不偶⑥,独幸得宜人偕居室十五

年,而今又死矣!

乾隆四十三年,两淮运使朱子颖请余主梅花书院⑦,又劝以家往。宜人之疾,以多产气虚,猝无良医,或反以药疏其气,故以闰六月朔殒于扬州⑧。宜人高祖为张太傅文端公⑨,曾祖为少詹事讳廷瓒⑩,祖为赠奉政大夫讳若霖⑪,而今四川屏山令君为宜人之父⑫,其母又䴵姑也。皆在屏山,隔数千里,不知其亡也。

余先娶亦张氏,同出文端之父,遗一女,宜人视之,殆无以加其善。既没,所出子女各二,幼不甚知哀,而长女之恸不可闻。

八月柩还,厝之县南五里,而铭其室曰:

循阶庭,立楯轩⑬,窈若存,复超远⑭。风幽幽,翩哉返,稚子嬉,潜来盼。伫以须⑮,精雾散。归无穷⑯,物之本。罔荒忽⑰,旷靡恋。生奚欣,死奚怨。厝委形,于此馆。

---

① 归:女子嫁到男人家里。② 姑:婆婆。古代称丈夫的父母叫公姑。③ 娣姒(dì sì):即妯娌。夫兄之妻叫姒,夫弟之妻叫娣。④ 悖(bèi)傲:违背情理,不顺服。⑤ 赢:利润。这里是富裕的意思。⑥ 不偶:不能夫妻偕老。⑦ 梅花书院:朱子颖任两淮盐运

使时设于扬州的书院,聘请姚鼐主持。 ⑧殒(yǔn):死亡。 ⑨张太傅文端公:张英,字敦复。桐城人。康熙进士,官至文华殿大学士兼礼部尚书,谥文端。太傅:官名,多为大官加衔,表示恩宠,并无实职。 ⑩少詹事:詹事府官名,见《翰林论》注。廷瓒:张廷瓒,字卣臣,康熙十八年进士,自编修累官至少詹事。 ⑪奉政大夫:文职散官,清代为正五品。若霖:张若霖,张英之孙。 ⑫屏山:县名,在四川省南部。 ⑬楯轩:有栏杆的长廊或小室。 ⑭夐(xiòng):幽远。 ⑮伫:长时间站着。须:等待。 ⑯无穷:无尽的天地之间,指事物回归到宇宙最原始的、无形无相的本体。这里指人死去。 ⑰罔:不要,不可。

翻译

宜人十七岁时嫁给我,三十一岁去世。对上服侍婆婆,同辈接待姒娣,对下抚爱子女和婢仆,和现今世间女子没有什么两样;至于悖情傲慢、苟且卑贱、残暴凶恶的事,她是必定没有的;料理家业虽不能非常节俭算细,但骄养奢侈放纵享受的事是必定不做的。特别喜欢称道别人的长处,知道别人的短处,即使在我面前,也绝对不说。我这人太迂腐怪僻,与世俗不合,仕途没有长进,家产也不丰裕,宜人从不埋怨,反而认为应当这样。可是我命该不能和妻子白头偕老,唯独有幸得到宜人陪伴我十五年,现在又去世了。

乾隆四十三年,两淮盐运使朱子颍邀请我主持梅花书院,又劝我带家属同去。宜人的疾病,在于生小孩太多导致气虚,一时没有好医生,有的医生反而用药疏散通气,以至于闰六月初一,在扬州病故。宜人的高祖是张太傅文端公;曾祖曾任少詹事,名讳廷瓒;祖父曾封赠奉政大夫,名讳若霖;现任四川屏山县令的是宜人的父亲。宜人的母亲又是我的姑母。都在四川屏山,远隔数千里,还不知道她已去世。

我起先娶的妻子也是姓张,同是文端之父的后代,留下一个女儿。宜人对待她,真好得不能再好了。宜人死后,她所生的两个儿子两个女儿,年幼的不太知道哀伤,而大女儿的悲恸,叫人听了都伤心。八月间棺柩从扬州运回家乡,安放在县城之南五里远的地方,我特为这丧室作铭文如下:

顺着台阶前庭,安放在小室之内。隐约还活着,却是那样的遥远。随着冷森森的风,飘回自己的故乡,孩子不懂事地嬉闹,流着泪盼望母亲归来。久久地站在那里等待,直到你的精灵与雾气一起消散。你回归到无穷的空间,原是万物的根本所在。不要悲伤恍惚,要想开点不要念念不忘。活着有什么值得庆幸的?死了又有什么值得怨恨的?将你的遗体,安放在这里。

左仲郛浮渡诗序

这篇为左世经的诗集作的序,借题发挥,着力描写浮渡山的美景,大谈游历山水的情趣。左世经,字仲郛,一作众郛。桐城人,为诸生。自幼与姚鼐友善。文章写景,直接描写不多,而采用间接烘托的手法,将浮渡山写得若隐若现,令人神往。文章由写景转至抒情,顺理成章,意趣盎然,既显示出了文人的雅兴,又表现了作者对大自然的无限热爱。本文笔调清新,一气贯注,是姚鼐散文中富有情趣的篇章。

江水既合彭蠡①,过九江而下,折而少北,益漫衍浩汗②,而其西,自寿春、合肥以傅淮阴③,地皆平原旷野。与江淮极望,无有瑰伟幽邃之奇观。独吾郡潜、霍、司空、龙眠、浮渡④,各以其胜名于三楚⑤,而浮渡濒江倚原,登陟者无险峻之阻,而幽深奥曲,览之不穷。是以四方来而往游者,视他山为尤众。然吾闻天下山水,其形势皆以发天地之秘,其情性阖辟⑥,常隐然与人心相通,必有放志形骸之外,冥合于万物者,乃能得其

意焉。今以浮渡之近人，而天下往游者之众，则未知旦暮而历者⑦，凡皆能得其意，而相遇于眉睫间耶⑧？抑令其意抑遏幽隐榛莽土石之间⑨，寂历空蒙，更数千百年⑩，直寄焉有以待而后发耶⑪？余尝疑焉，以质之仲郛。仲郛曰："吾固将往游焉，他日当与君俱。"余曰："诺！"及今年春，仲郛为人所招邀而往，不及余。迨其归，出诗一编，余取观之，则凡山之奇势异态，水石摩荡⑫，烟云林谷之相变灭，悉见于其诗，使余恍惚若有遇也，盖仲郛所云得山水之意者，非耶？

昔余尝与仲郛以事同舟，中夜乘流出濡须⑬，下北江，过鸠兹⑭，积虚浮素⑮，云水郁蔼⑯，中流有微风击于波上，发声浪浪，矶埼薄涌⑰，大鱼皆盚然而跃⑱，诸客皆歌呼，举酒更醉。余乃慨然曰："他日从容无事，当裹粮出游。北渡河，东上太山，观乎沧海之外；循塞上而西，历恒山、太行、太岳、嵩、华，而临终南，以吊汉唐之故墟；然后登岷、峨，揽西极⑲，浮江而下，出三峡，济乎洞庭，窥乎庐、霍，循东海而归，吾志毕矣。"客有戏余者曰："君居里中，一出户辄有难色，尚安尽天下之奇乎？"余笑而不应。今浮渡距余家不百里,而余未尝一往,诚有如客所讥者。嗟乎! 设余一旦而获揽宇宙之大,快平生之志,以间执言者之口[20],舍仲郛,吾谁共此哉?

---

① 彭蠡(lǐ):鄱阳湖的古称。在今江西北部。 ② 漫衍浩汗:形容水面宽阔浩大。漫衍:连绵不断,没有边际的样子。浩汗:一般写作"浩瀚",阔大宽广的样子。 ③ 寿春:古县名,即今安徽省寿县。傅:通"附",连接。淮阴:古县名,治所在今淮阴市。 ④ 潜、霍、司空、龙眠:皆山名,均在安徽桐城一带。 ⑤ 三楚:指战国时楚国的全部地区。三楚范围说法不一,古书多认为江陵为南楚,吴为东楚,彭城为西楚,合称三楚。 ⑥ 情性阖辟:此指自然界各种景象变化。阖辟:开合变化。 ⑦ 旦暮:早晚,指短暂的时间。 ⑧ 相遇于眉睫间:形容极近而看得真切,这里指对事物有深刻的认识。 ⑨ 抑遏:压抑遏制。 ⑩ 更:经历。 ⑪ 直:特地。 ⑫ 摩荡:撞击飞荡。 ⑬ 濡须:水名,在安徽巢县南,源出巢湖。 ⑭ 鸠兹:古邑名,在今安徽芜湖东。 ⑮ 积虚浮素:聚积飘浮着若有若无的白蒙蒙的薄雾。虚、素:形容水面上的薄雾。 ⑯ 蔼:轻柔飘渺。 ⑰ 矶埼(qí):岸边突出的怪石。薄:逼近,这里是伸入的意思。 ⑱ 砉(huā):象声词,形容快速动作发出的声音。 ⑲ 西极:西方极远之处。 ⑳ 间(jiàn)执:堵塞。

翻译

长江和鄱阳湖合流之后,经过九江奔向下游,拐弯稍微偏向北方,更加宽阔浩大。而它的西边从寿春、合肥直到淮阴,地形都是平原旷野。极目远望,长江淮河流域,没有瑰丽雄伟、幽静深远的奇特景观。唯独我们家乡的潜山、霍山、司空山、龙眠山、浮渡山,各以自己的优美风景闻名于三楚故地。而浮渡山面临长江,背靠平原,登上去没有险峻的阻碍,而幽雅深邃、清静曲折的美景却看也看不完。因此从四面八方来游览的人,比起其他那些山来更加多了。然而我听说天下山水,它们的形貌势态都是用来显露天地之间的奥秘的,它的各种自然景致的变化往往暗暗地和人心相通,一定要有放纵心志、超然脱俗、和世间万物默契的人,才能够领会这种山水的情趣。现在浮渡山因为接近人间,而天下来游玩的人又多,那么不知那些早晚来游历一下的人,是否都能体味到它的意趣,而近在眉睫之间相互遇见了吗?抑或是让它的意趣压制在深幽隐秘的芜杂草木和土石之中,寂寞地经历着空虚迷蒙,再经过数千百年,一直寄存着,以等待那真正能领略的人,然后再显露出来呢?我曾对此有些疑惑,便去问仲郭。仲郭说:"我本来就准备去游玩的,日后当和你一块儿去。"我说:"好。"到今年春天,别人邀请仲郭去,没有邀我。等到仲郭回来,拿出诗作一卷,我拿来诵读,那么浮渡山所有的奇伟气势、怪异形状,江水与山石撞击飞荡,深林幽谷中烟云变幻不定,全都在他的诗中见到了,使得我恍恍惚惚,好像遇见了什么。这大概就是仲郭所说的山水的意趣,不是吗?

  从前我曾和仲郭因事同乘一条船,半夜顺流从濡须起航,到江北经过鸠兹,江面上薄雾萦绕,若有若无,云水一色,浓郁飘渺,江中微风吹拂着波涛,发出响亮的声音,岸边的岩石伸入波浪之中,大鱼都哗哗地跳出水面,游客们都高歌呼喊,一次又一次地举酒醉饮。我便感慨说:"将来有一天从容不迫,没事了,应当带上干粮出门游玩。北渡黄河,东上泰山,观赏沧海之外的远景,顺着长城向西行进,游历恒山、太行山、太岳、嵩山、华山,再登临终南山,凭吊游览汉代唐朝的古城;然后登上岷山、峨眉山,遍览西极,再顺长江而下,经三峡,渡过洞庭湖,游览庐山、霍山,顺着东海回到家中,我的愿望就满足了。"旅客中有人讥笑我说:"你住在家里,一出门就面带难色,还怎能尽观天下的奇景?"我笑了笑没有回答。现在浮渡山离我家不到一百里路,可我还不曾去过,确实是像那个旅客所嘲讽我的那样。唉!假使我有一天能够遍观宇宙的宏大,一快我平生的愿望,堵住那些说我不行的人的嘴,除了仲郭,我能和谁一起去游玩呢!

登泰山记

乾隆三十九年冬,姚鼐辞去刑部郎中之职,离京归乡,应挚友朱孝纯之邀,特意绕道泰安,实现了自己多年来游历泰山的夙愿,并写下了这篇著名的游记。文中叙写隆冬冒着风雪游览泰山的情景,表现了作者的勃勃兴致、盎然情趣,充分反映了作者辞官后轻松愉快的心境。所以他的老师刘大櫆称赞说:"姬传以壮年自刑部告归田里,道过泰安,与子颖同上泰山,登日观,慨然想见隐君子之高风,其幽怀远韵,与子颖略相近云。"(《朱子颖诗集序》)

本文描写泰山雪景,语言简练,色彩鲜明;特别是描写日暮景致和日出壮观,更是真实生动,引人入胜。而对泰山的有关历史地理知识的博洽精通,亦正是姚鼐注重"考证"的体现。

泰山之阳①,汶水西流②;其阴,济水东流。阳谷皆入汶,阴谷皆入济③。当其南北分者,古长城也④。最高日观峰⑤,在长城南十五里。

余以乾隆三十九年十二月,自京师乘风雪,历齐河、长清⑥，穿泰山西北谷，越长城之限，至于泰安⑦。是月丁未⑧，与知府朱孝纯子颖由南麓登⑨。四十五里，道皆砌石为磴⑩，其级七千有余。泰山正南面有三谷。中谷绕泰安城下。郦道元所谓环水也⑪。余始循以入，道少半，越中岭，复循西谷，遂至其巅。古时登山，循东谷入，道有天门。东谷者，古谓之天门溪水。余所不至也。今所经中岭及山巅，崖限当道者⑫，世皆谓之天门云。道中迷雾冰滑，磴几不可登。及既上，苍山负雪，明烛天南。望晚日照城郭，汶水、徂徕如画⑬，而半山居雾若带然。

戊申晦⑭，五鼓，与子颖坐日观亭，待日出。大风扬积雪击面，亭东自足下皆云漫。稍见云中白若摴蒱数十立者⑮，山也。极天，云一线异色，须臾成五彩；日上，正赤如丹⑯，下有红光动摇承之。或曰：此东海也。回视日观以西峰，或得日或否，绛皓驳色⑰，而皆若偻⑱。

亭西有岱祠⑲，又有碧霞元君祠⑳。皇帝行宫在碧霞元君祠东㉑。是日，观道中石刻，自唐显庆以来㉒，其远古刻尽漫失。僻不当道者，皆不及往。

山多石，少土。石苍黑色，多平方，少圆。少杂树，多松，生石罅㉓，皆平顶。冰雪，无瀑水，无鸟兽音迹，至日观数里内无树，而雪与人膝齐。桐城姚鼐记。

---

① 阳：山的南面。山的北面叫阴。　② 汶（wèn）水：即大汶河，源出山东莱芜北，流经泰安，水流向西南，最终转入济水。　③ 济水：发源于河南济源西的王屋山，流经山东与黄河并行入海。现在故道一部分已经淤塞，一部分为黄河所占。　④ 古长城：指战国时齐国所筑的长城，从山东肥县西北一直伸到黄海边。　⑤ 日观峰：泰山绝顶，诸峰之一，在这里可观日出，故名。　⑥ 齐河、长清：皆山东县名，在今济南市西。　⑦ 泰安：清代山东府治。登泰山一般都从泰安上去。　⑧ 丁未：指乾隆三十九年十二月二十八日。　⑨ 知府：官名，管辖州县，为府一级的行政长官。　⑩ 磴（dèng）：山路的石级。　⑪ 郦道元：字善长，北魏地理学家、散文家，其《水经注》一书是富有文学价值的地理巨著。　⑫ 崖限：大的岩石形成的门限。　⑬ 徂徕（cú lái）：山名，在泰安东南。　⑭ 戊申晦：戊申日正好是月底。戊申：十二月二十九日。晦：农历每月最后一天。乾隆三十九年十二月为小月，只有二十九天，所以戊申日就是除夕。　⑮ 摴（chū）蒲：古代的一种赌具，类似于骰子。　⑯ 正赤：纯红。丹：朱砂。　⑰ 绛：大红色。皓：白色。驳：掺杂。　⑱ 偻（lǔ）：曲背。　⑲ 岱祠：旧时祭祀泰山之神东岳大帝的祠庙，即东岳庙。岱：

泰山亦名岱宗。 ⑳碧霞元君:传说为东岳大帝之女,宋真宗命建祠,并封为天仙玉女碧霞元君。 ㉑行宫:皇帝外出时的临时住所。 ㉒显庆:唐高宗李治的年号(656—661)。 ㉓罅(xià):裂缝。

翻译

　　泰山的南面,汶河向西流;它的北面,济水向东流。南面山谷的水都流入汶河,北面山谷的水都流入济水。正当泰山南北分界线上的,是古代的长城。最高的日观峰,在长城南面十五里。

　　我于乾隆三十九年十二月,从京师冒着风雪,经过齐河县、长清县,穿过泰山西北面的山谷,越过长城的界限,到达泰安。这个月的二十八日,我与泰安知府朱子颖由南面山脚上山。山路四十五里,都是石板砌成的台阶,共七千多级。泰山的正南面有三个山谷。中间的山谷围绕在泰安城下,就是郦道元《水经注》上所说的环水。我开始顺着这条山谷进发,路程走了一小半,越过中岭,又顺着西面的山谷上山,就到达它的山顶。古时候上山,顺着东面的山谷进去,路上有天门。东面的山谷,古时候叫它"天门溪水",我没有到那里。现在经过中岭到达山顶,山岩如同门限一样挡在山路上的,世人都叫它"天门"。山路中雾气迷漫冰雪很滑,石阶几乎不可攀登。等到上了山顶,青山上覆盖着积雪,明亮地照耀着南天。眺望傍晚的落日照映着山下城郭,汶水、徂徕山好像图画一样,而半山腰停留的雾气好像一条长长的带子。

二十九日这天正是月底,五更天,我和子颍坐在日观亭上,等待着太阳出来。大风扬起积雪扑打着脸面,日观亭以东从脚下起都是浮云迷漫。慢慢看到云雾中露出白色像骰子一样的数十个小点摆在那里,那是山。在极远的天边,云层出现一道奇异的色彩,一会儿变得五彩缤纷。太阳升起,纯红如同朱砂,下面有红光,摇摇晃晃地承托着它。有人说,这就是东海。回头看日观峰西面的山峰,有的得到太阳光的照射,有的则照不到。红色与白色相互错杂,而又都像弯腰曲背一样。

　　日观亭西面有岱祠,又有碧霞元君祠,皇帝的行宫在碧霞元君祠的东面。这一天,观看了路上的石刻,是唐高宗显庆以后的。那远古的石刻全都磨灭缺失了。偏僻不顺路的地方,都没有去。

　　山上石头多,泥土少。石头都是青黑色,多是平整方形的,很少圆形的。杂树很少,松树很多,生长在石缝中间,树顶都平平的。山上都是冰雪,没有瀑布,也不见鸟兽的声音足迹。日观峰数里以内的地方没有什么树木,而积雪与人的膝盖一般高。桐城姚鼐记。

游灵岩记

本文作于《登泰山记》后五天,以极简练的笔墨,描绘出灵岩的雪景。通过地理环境的介绍,显示了灵岩"登则周望万山,殊鹜而诡趣,帷张而军行"的幽峻之美。同时,对灵岩一带的地理形势和历史沿革予以考证,充实了文章的内容,表现了作者的渊博学识。

泰山北多巨岩,而灵岩最著。余以乾隆四十年正月四日自泰安来观之。其状如垒石为城墉①,高千余雉②,周若环而缺其南面。南则重嶂蔽之,重溪络之。自岩至溪,地有尺寸平者,皆种柏,翳高塞深③。灵岩寺在柏中④,积雪林下,初日澄彻,寒光动寺壁。寺后凿岩为龛⑤,以居佛像,度其高,当岩之十九,峭不可上,横出斜援乃登。登则周望万山,殊鹜而诡趣⑥,帷张而军行⑦。岩尻有泉⑧,皇帝来巡⑨,名之曰"甘露之泉"。僧出器,酌以饮余。回视寺左右立石,多宋以来人刻字,有墁入壁内者⑩,又有取石为砌者,砌上有字曰"政和"云⑪。

余初与朱子颖约来灵岩，值子颖有公事，乃俾泰安人聂剑光偕余⑫。聂君指岩之北谷，溯以东，越一岭，则入于琨瑞之山⑬。盖灵岩谷水西流，合中川水入济；琨瑞山水西北流入济，皆泰山之北谷也。世言佛图澄之弟子曰竺僧朗⑭，居于琨瑞山，而时为人说其法于灵岩。故琨瑞之谷曰朗公谷，而灵岩有朗公石焉。当苻坚之世⑮，竺僧朗在琨瑞大起殿舍，楼阁甚壮，其后颓废至尽；而灵岩自宋以来，观宇益兴⑯。

灵岩在长清县东七十里，西近大路，来游者日众。然至琨瑞山，其岩谷幽邃，乃益奇也。余不及往，书以告子颖：子颖他日之来也，循泰山西麓，观乎灵岩，北至历城。复溯朗公谷东南，以抵东长城岭下，缘泰山东麓，以反乎泰安，则山之四面尽矣。张峡夜宿⑰。姚鼐记。

---

① 城墉（yōng）：城墙。墉：高墙。 ② 雉（zhì）：城墙长三丈高一丈为一雉。 ③ 翳（yì）：遮蔽。 ④ 灵岩寺：寺庙名，以建筑于灵岩之上而得名。建于北魏正光年间（520—525）。 ⑤ 龛（kān）：供奉佛像、神位的石室或柜子。 ⑥ 骛（wù）：马快速奔跑。诡趣：奇妙的情趣。 ⑦ 帷张而军行：山势如帷幔张开，像军队行进。形容山势

峻峭而连绵不断。帷、军：皆名词用作状语。 ⑧尻(kāo)：臀部，这里指山崖的尾部。 ⑨皇帝：指乾隆皇帝。巡：巡视，到各处视察，也特指皇帝出游。 ⑩墁(màn)：铺嵌以作装饰。 ⑪政和：北宋徽宗年号(1111—1118)。 ⑫聂剑光：不可考，大概是朱孝纯手下的官员。 ⑬琨(kūn)瑞：小山名，在灵岩的东北边。 ⑭佛图：也写作"浮屠"，见《刘海峰先生八十寿序》注。这里指佛教徒。澄：印度高僧名，西晋永嘉年间到洛阳，后来云游各地，广建佛寺，广招门徒，影响较大。竺僧朗：印度僧人叫"朗"的人。竺：即天竺，中国古代对印度的称呼。 ⑮苻坚：前秦皇帝，公元357—385年在位。 ⑯观(guàn)：道教的庙宇，这里泛指各种宗教建筑。 ⑰张峡：以峡谷为帐幕。张：通"帐"。

翻译

泰山北部有很多巨大的山崖，其中灵岩最有名。我在乾隆四十年正月初四从泰安来此游览。灵岩的形状像石头垒起来的城墙，高达一千多雉，周围形似环圈，但南边空缺。南面是重重山峦遮蔽着，条条溪流围绕着。从山崖到溪边，只要有尺寸长的平地，都种着柏树，遮蔽了高处，堵塞住深处。灵岩寺就在柏树林中，林下是积雪，初升的太阳鲜艳明亮，寒冷的光辉在寺壁上闪动。寺的后面依着山崖凿为佛龛，以供奉佛像，估计它的高度，相当山崖十分之九的高处，陡峭难以攀登，从旁边斜着攀登才能上去。登上之后，便能遍观周围群山，山势像骏马奔腾，极富奇妙的情趣，

游灵岩记

又像帷幕张开，军队行走。山崖尾部有泉水，乾隆皇帝出游到此，给它命名为"甘露之泉"。僧人拿出器皿，舀来泉水给我喝。回头看寺庙左右立着的石碑，大多是宋代以来的人镌刻的字，有的被镶嵌到墙壁内，有的被用来砌了台阶。台阶的砌石上有"政和"之类的文字。

我开始和朱子颖相约同来灵岩，碰上子颖有公事，便派一个泰安人叫聂剑光的陪同我。聂君指着山崖的北谷，说山谷向东，越过一道山岭，便进了琨瑞山。大约灵岩山谷的水向西流，和中川的水汇合流入济水，琨瑞山谷的水向西北流入济水，都是泰山北面的山谷。世间传说佛门高僧澄的弟子叫朗的印度和尚，曾居住在琨瑞山上，他时常在灵岩给人家讲解佛法。所以琨瑞山谷叫朗公谷，而灵岩有朗公石。符坚称帝的时代，印度和尚朗在琨瑞山大建殿宇房屋，楼阁都很壮观，后来都毁坏完了；而灵岩从宋代以来，寺庙建筑却更加兴旺。

灵岩在长清县东七十里，西面挨近大路，来游览的人一天比一天多。可是到琨瑞山去，山崖溪谷幽静深邃，更加奇特有趣。我没来得及去，写信告诉子颖：他以后来这里的时候，可以顺着泰山西麓，游览灵岩；北经历城县境内，再逆着朗公谷向东南方向，抵达长城岭下，沿着泰山东麓，返回泰安，那么山的四面就都游到了。就在峡谷中过夜。姚鼐记。

游媚笔泉记

　　本文记述游媚笔泉的经过和所见景观,如诗如画,或淡或浓,既有粗略的勾勒,又有细腻的描绘,境界空阔开朗,情致如临其境,富有艺术魅力,颇似柳宗元山水游记笔法。本文应是姚鼐年轻时期的作品,大有纵情山水、乐而忘归的情趣。

　　桐城之西北,连山殆数百里,及县治而迤平①。其将平也,两崖忽合,屏蠹墉回②,崭横若不可径③。龙溪曲流④,出乎其间。

　　以岁三月上旬,步循溪西入。积雨始霁⑤,溪上大声漎然⑥,十余里,旁多奇石、蕙草、松、枞、槐、枫、栗、橡⑦,时有鸣巂⑧。溪有深潭,大石出潭中,若马浴起,振鬣宛首而顾其侣⑨。援石而登,俯视溶云⑩,鸟飞若坠。

　　复西循崖可二里,连石若重楼,翼乎临于溪右⑪。或曰宋李公麟之"垂云沜"也⑫;或曰后人求李公麟地不可识,被而名之。石罅生大树,荫数十人,前出平土,可布席坐。南有泉,明何文端公摩崖书其上⑬，曰"媚笔之泉"。泉漫石上为圆池，乃引坠溪内。

左丈学冲于池侧方平地为室⑭，未就，邀客九人饮于是。日暮半阴，山风卒起，肃振岩壁，榛莽、群泉、矶石交鸣，游者悚焉，遂还。是日姜坞先生与往⑮，鼐从，使鼐为记。

① 治：地方行政官府所在地。迤(yǐ)：斜行。　② 屏矗(chù)墉回：像屏障一样矗立，像城墙一样回环。屏、墉：皆名词用作状语。回：回绕，回环，环合。　③ 崭：高峻。径：经过，通达。　④ 龙溪：在桐城西部。　⑤ 霁(jì)：雨雪后天放晴。　⑥ 潀(cóng)然：溪流发出的声音。　⑦ 蕙草：香草名，俗名"佩兰"。枞：又叫"冷杉"，常绿乔木。　⑧ 巂(xī)：鸟名，即子规。　⑨ 鬣(liè)：马鬃。宛：弯曲。顾：回头看。　⑩ 溶云：像水一样流动着的云彩。溶：水流动的样子。　⑪ 翼：指楼阁四檐如展翅。　⑫ 李公麟：字伯时，安徽舒城人，北宋画家。晚年隐居桐城龙眠山，号龙眠山人。垂云沜(pàn)：李公麟居所名。沜：同"泮"，半月形的水池。　⑬ 何文端：何如宠，字康侯，官至礼部尚书，武英殿大学士，死后谥文端。摩崖：在山崖石壁上镌刻字画。　⑭ 左丈学冲：名叫左学冲的老人。丈：对老年男子的敬称。　⑮ 姜坞先生：见《古文辞类纂序》注。

翻译

桐城西北边，山连着山大约有几百里，到县城才渐渐平伏。在将要变得平伏的地方，两座山崖突然相合，像矗立着的屏障，又像回环的高墙，高高地横在那里，好像不能通过。龙溪弯弯曲曲地流淌着，从它们中间流出来。

今年三月上旬，我们徒步顺着龙溪向西进去。久雨初晴，溪水发出淙淙的响声，十多里远的地方，旁边有着许多奇异的石头、蕙草、松、枞、槐、枫、栗、橡等各种树木，不时听到子规鸣叫。溪流经过一个深潭，一块大石从潭中突出，像马洗完澡想出来，振动着鬃毛，转过头去顾盼自己的伴侣。扶着石头向上攀登，向下看着像流水一样飘动着的云彩，飞着的鸟好像要坠落下去。

再向西顺着山崖大约两里路，石头一层连着一层，像重重楼阁，四檐展翅，高临在溪流的右边。有人说这就是北宋李公麟的居所"垂云沜"；也有人说后人寻找李公麟的居所而寻不到，便将这里叫做"垂云沜"。石缝中生长出大树，树荫可遮掩几十人，前面伸出一片平地，可铺开席子坐歇。南面有泉水，明代何文端公在崖石上镌刻着"媚笔之泉"。泉水漫溢到石头上形成一个圆池，然后再流落到溪流中。

左学冲老丈在池的侧面平地上做了一个居室，还没做成，邀我们九位客人在这里饮酒。日近傍晚，天色半阴，山风突然刮起，萧瑟阴森地撞击着崖壁,杂草树木、四处的泉水、突起的石头发出的声音交织在一起。游玩的人不禁感到害怕起来,于是起身往回走。这天姜坞先生一同去了,我跟随着先生,先生叫我写这篇游记。

中华文史名著精选精译精注（全民阅读版）
已出书目

书　名	导读人	审阅人
贾谊集	徐超、王洲明	安平秋
司马相如集	费振刚、仇仲谦	安平秋
张衡集	张在义、张玉春、韩格平	刘仁清
三曹集	殷义祥	刘仁清
诸葛亮集	袁钟仁	董治安
阮籍集	倪其心	刘仁清
嵇康集	武秀成	倪其心
陶渊明集	谢先俊、王勋敏	平慧善
谢灵运鲍照集	刘心明	周勋初
庾信集	许逸民	安平秋
陈子昂集	王岚	周勋初、倪其心
孟浩然集	邓安生、孙佩君	马樟根
王维集	邓安生等	倪其心
高适岑参集	谢楚发	黄永年
李白集	詹锳等	章培恒
杜甫集	倪其心、吴鸥	黄永年
元稹白居易集	吴大逵、马秀娟	宗福邦
刘禹锡集	梁守中	倪其心
韩愈集	黄永年	李国祥
柳宗元集	王松龄、杨立扬	周勋初
李贺集	冯浩菲、徐传武	刘仁清
杜牧集	吴鸥	黄永年

续表

书　名	导读人	审阅人
李商隐集	陈永正	倪其心
欧阳修集	林冠群、周济夫	曾枣庄
曾巩集	祝尚书	曾枣庄
王安石集	马秀娟	刘烈茂、宗福邦
二程集	郭齐	曾枣庄
苏轼集	曾枣庄、曾弢	章培恒
黄庭坚集	朱安群等	倪其心
李清照集	平慧善	马樟根
陆游集	张永鑫、刘桂秋	黄葵
范成大杨万里集	朱德才、杨燕	董治安
朱熹集	黄珅	曾枣庄
辛弃疾集	杨忠	刘烈茂
文天祥集	邓碧清	曾枣庄
元好问集	郑力民	宗福邦
关汉卿集	黄仕忠	刘烈茂
萨都剌集	龙德寿	曾枣庄
王阳明集	吴格	章培恒
徐渭集	傅杰	许嘉璐、刘仁清
李贽集	陈蔚松、顾志华	李国祥、曾枣庄
公安三袁集	任巧珍	董治安
吴伟业集	黄永年、马雪芹	安平秋
黄宗羲集	平慧善、卢敦基	马樟根
顾炎武集	李永祜、郭成韬	刘烈茂
王士禛集	王小舒、陈广澧	黄永年
方苞姚鼐集	杨荣祥	安平秋
袁枚集	李灵年、李泽平	倪其心
龚自珍集	朱邦蔚、关道雄	周勋初